JN316941

文庫

二階堂弁護士は今日も仕事がない

原作　佐藤大和
監修　レイ法律事務所

マイナビ出版

目次

contents

プロローグ

「大丈夫だよ。この時期は募集が少ないけど、秋になればまた増えるよ、きっと」

本格的な夏の到来を思わせる暑い日、谷中銀座にある人気カフェ『花坂《はなさか》』で神谷瑞穂《かみやみずほ》を励ましてくれるのは、小学校時代からの友人、加瀬沙織《かせさおり》だ。

だが、そんな励ましにも、瑞穂はため息混じりの声を漏らしてしまう。

「そうかも知れないけどね……こうも書類で断られ続けると、なんだか心折れそうで」

勤めていた会社の倒産で職を失って早三ヶ月、インターネットの求人サイトも、コンビニに置かれているフリーペーパーも、「求人」という字が見えたものは欠かさずチェックしているのに、一向に採用までたどり着けない。失業手当だっていつまでももらえるわけではないし、なんとかしなければと気ばかり焦ってしまう。

「夏の間なにか短期の仕事があれば働きたいんだけど、沙織のところで募集してない？」

すらっとした瑞穂とくらべて、小柄で大人しそうな顔をしている沙織だが、実は二二歳の若さで家電製品を卸している会社の社長だ。高校のときに男手ひとつで育ててくれた父親を亡くし、その父が遺《のこ》した会社を継いでいる。

最初のうちは大変そうだったが、個人客向けに手頃な製品の通販を始めてからは業績が伸び、去年の夏は忙しくて手が足りないからとバイトを募集していた。もしそのバイトが今年もあれば、あわよくばと、瑞穂は思ったのだが。

「実はね、会社を畳もうと思ってるんだ」

「え？」

予想もしていなかった沙織の言葉に、店の名物、和栗プリンパフェの大粒の栗を口に運ぼうとしていた瑞穂の手が止まる。

「どうして？　なにかあったの？」

会社は順調そうだったし、それに目の前の沙織はなんだかうれしそうだ。

「それがさ、結婚することになっちゃって」

思いもよらなかった答えに、今度は栗の刺さったフォークごと落としそうになった。

沙織が結婚？　まだ、二二歳なのに？

「え!?　うそ!?　おめでとう！　でも待って待って、そんな人がいたなんて聞いてないし！」

思わず大きな声が出てしまった。お互い仕事をするようになってから会う機会は減ったものの、ＬＩＮＥのやりとりだけは頻繁にしていたし、彼氏がいるなんて話は聞いたことがない。

「ごめん。言う間もないくらいトントン拍子に話が決まっちゃってさ」

「もしかしてお見合い？」

「ちがうよ。一応、恋愛」

沙織は少し顔を赤らめる。

「どんな人なの？」

「普通の人だよ」

「サラリーマン？」

「ううん、弁護士」

「えっ！」

また大きな声を出してしまい、今度は近くにいた店員さんにじろっと見られてしまった。

でも、弁護士なんてドラマの中でしか見たことがないし、なにか事件でも起こさない限り縁がない人というイメージだ。そんな人と沙織がどうして？

「もしかして、会社で頼んでる弁護士さん？」

「やめてよ。七〇代後半のおじいちゃんだよ」

「じゃあ、その息子とか」

「息子も五〇代。っていうか、息子は弁護士じゃないし」

どうやって知り合ったのかを一番知りたいが、沙織は教えてくれない。写真を見たいと言っても、撮られるのが嫌いな人だから一枚もないと言われてしまった。

「瑞穂みたいなイケメン好きが見たら、なにこれ〜って思うよ」

「そ、そんなにブサイクなの？」

「ちがいます。顔は普通かな。でも優しいし一緒にいると守られてるって感じなんだよね」

「もしかして、マッチョ？」

「どうしてそうなるのよ」

「沙織を守るっていったら、相当強くないと……」

「あのね、精神的な面で守られてるってこと。一緒にいるだけで安心できるんだよね」

沙織はこれ以上ないというくらい幸せそうな顔でそう言うと、器に残っていたソフトクリームをスプーンですくって口に入れた。

「でも、会社を畳んじゃうなんて、もったいなくない？　うまくいってたんでしょ？」

「まあねー、そこは迷ったんだけど、お父さんの代から助けてくれてた人たちが、みんな定年になるから」

「そっか……彼は会社を畳むこと、なんて？」

「なにも言わない。沙織の好きなようにすればいいんだよって」

「へー。ホントに優しいんだね」

「もう、〝こんな優しい人いるの？〟ってくらい優しいよ。仕事のこともいろいろ相談に乗ってくれるし。私の話を聞くときはじーっと目を見つめてくるんだよね。『うんうん』って頷いてくれるときの顔とか、ホントに優しくて」

このままだと延々とノロケられそうなので、「はいはい、ごちそうさま」と言って質問を打ち切った。

沙織が父親の会社を継いだのは、高校を卒業してすぐだ。周りの大人たちの助けがあったとはいえ、右も左もわからない中、相当苦労したと思う。「おめでとう」と改めて心から言うと、沙織は「ありがとう」とうれしそうに笑った。

「仕事のこと、協力できなくてごめんね。いくら倒産したからって、給料三ヶ月分も未払いっていうのはひどいよ。なにか打つ手立てがないか彼に訊いてみようか」

「無理だよ、たぶん。小さい会社だし、不渡りたくさん出してるから、従業員にお給料払う余裕なんてないって言われちゃった。でもさ、社長、すごく高そうな外車に乗ってたし、毎晩のように取引先の人と飲み歩いてたんだよ。余裕ないなんてホントかなってみんなで言ってたんだけど」

「なにそれ、怪しくない？」

「でしょ？　会社にホステスとかそういう女の人からの電話が何回もかかってきてたしさ。遊び歩いてたんじゃないかって。部長が弁護士立てようとしてくれたんだけど、会社にお金はないから残業代も払えないし、リストラだから解雇も無効にならないから訴えても無駄だって、社長がニヤニヤしながら言ったらしくて」

「社長がそんなこと言ったの？」

「うん、自己都合じゃないから失業手当もすぐ出るし、それでいいでしょって。それに不渡り出したのも、従業員がもっと働かないからだとか言ってさ」

「サイテー。でもそれと給料未払いは全然別でしょ。その部長さんはあきらめちゃったの？」

「うん。部長は子どももいて、再就職先探さなきゃいけなくて大変そうなの。わたしもサービス残業ずいぶんしてたから悔しいんだけど、ここは泣き寝入りするしかないのかも……」

「その必要はありませんよ」

突然、横から男の低い声がした。

ギョッとして声のした方を見ると、となりの席の男がソフトクリームをのせたスプーンを手にこちらを見ていた。食べているのは瑞穂たちと同じ和栗プリンパフェだ。

高級そうな細身のスーツに身を包み、髪はさらさら、目は切れ長。顎《あご》はきゅっと尖っている。こんなイケメン、店の外で並んでいるときにいただろうか。沙織とのおしゃべりに夢中で気づかなかったのかも知れない。

「その社長の言うことはまちがっていますね。たしかに会社が倒産すれば、社員を解雇するのは仕方がない。しかし、あなたの場合、適切な法律の手続きを経れば給与分のお金を取り戻せる可能性はあります。そもそも、その社長は高級車に乗っていたようですから、どこかに財産を隠している可能性は十分あります。論理的に計算して……勝率八〇パーセント」

男は女性のようにきれいな人差し指で宙になにかを書くようにしながら話す。

「えっ……そうなんですか」

突然見ず知らずの男に話し掛けられて驚いたものの、たしかにその可能性はあるかも知れない。自分では考えてもみなかったけれど。

「労働基準法という法律はご存知ですか。この法律では、原則として労働時間は一日八時間、一週間で四〇時間以内と決められています。これを超えて残業をした場合、割増賃金をもらえます。このお金も得ることができる可能性があります」

「でも、もし社長が財産を隠していなくてホントにお金がなかったら、その分を払ってもらうのは難しいんじゃないですか？」

経営者でもある沙織がすかさず質問する。

「……もっと順を追って説明するべきでした。失礼しました」

男はふたりの方へ向き直り、ひと呼吸おいて説明を再開した。

「あなたの勤めていた会社は倒産した。つまり会社の破産手続きを取ったということですよね」

「あ、はい」

まっすぐ目を見て話してくる男の視線に、少しドキドキしながら、わけもわからず頷いた。

「会社の破産というのは、借金をした人が、貸した人たち全員に対して、持っている財産を平等に振り分けて、その残りの借金をゼロにして会社を消滅させるという手続きです」

「は、はい」

「では、従業員の給料はどうなるのか。あなたはご存知ないようだが、法律では、他の債権者より優先的に支払われるよう定められています」

だんだん話が専門的になり、瑞穂には初めて聞く話ばかりで少し混乱してくる。しかし、また沙織が質問を返した。

「でも、破産手続きを取るくらいだから、会社にそんなお金がない場合もありますよね。高級車も売ってしまったかも知れないし」

「たしかにそうです。では、あなたがたは『賃金の支払いの確保等に関する法律』というのは聞いたことがありますか？」

「いえ……」

「弁護士でも知らない人がいるので、一般の方が知らなくても仕方ないでしょう。会社に支払い能力がない場合、行政が未払い金を立て替えてくれるというものです。こちらは全部ではなくて八割で、退職日から六ヶ月前の給与は請求できないのが難点ですが、それでももらえないよりはマシです。それに、サービス残業の証拠があれば、それを立て替えてくれる場合もあります」

「瑞穂、八割もらえるならだいぶいいよね」

瑞穂の方に向き合った沙織が、自分のことのようにうれしそうに言ってくる。もちろん、もらえないよりはずっといい。貯金を切り崩している今の生活も少し楽になる。

顔を見合わせるふたりをそっちのけにして、男は失業に関する法律や具体例について滔々《とうとう》と話し続けた。手に持ったスプーンの上のソフトクリームが溶けて、器に垂れているが気にする気配はない。

「あのー、失礼ですが、どういうお仕事の方ですか」

このままでは延々と話し続けそうな男の話を遮るように沙織が遠慮がちに訊くと、男は名乗っていないことにようやく気づいたようだ。

スプーンを皿の上に置き、すました顔でスーツの内ポケットから名刺入れを取り出した。そして立ち上がると、瑞穂と沙織に一枚ずつ名刺をくれた。

【二《に》階《かい》堂《どう》法律事務所　弁護士　二階堂秀人《ひでと》】

「えっ、弁護士さんなんですか？」

名刺に記載された文字を見て、思わずまじまじと男の顔を見つめていると、スーツの襟《えり》元《もと》で小さく光るバッジのようなものが目に入った。が、どういうわけかバッジは裏返しになっている。

「それはバッジですか」

声を上げる瑞穂を横目に、男はおもむろに左襟をひっくり返し、バッジを表に付け替えた。

そこには、ドラマで見たことのある小さなヒマワリの花が金色に輝いていた。

「えっ、なに？」

「ちょっとー沙織、彼氏、弁護士なんでしょ。弁護士の人が付けてるバッジだよ」

瑞穂は笑いながら沙織の肩を叩いた。

「へえー、彼が休みの日にしか会えないから見たことなかった」

弁護士というと勉強ばかりしていたような暗い人をイメージしていたが、目の前の男は芸能人と言われても納得するほどの容姿だ。しかも、こんな人気店にわざわざ並んでひとりでパフェを食べているなんて、ドラマや映画で見る弁護士とはだいぶイメージがちがう。

「なにかありましたら、お気軽にどうぞ。相談だけならいつでも無料ですから」

そう言うと、二階堂弁護士は器の上で溶けたソフトクリームと小さくカットされた栗をスプーンできれいに口へ運び、すっと立ち上がると、出口の方へ歩いていった。

それが二階堂と瑞穂の出逢いだった。

第一条
詐欺なのに詐欺じゃない!?

「うそっ、沙織ちゃんが結婚？」

妹の桜良《さくら》が瑞穂自慢のお手製カレーを頬張りながら目を丸くした。

「ちょっと、食べながら話さないの。汚いよ」

食べているときは口を開けるなと何度も言っているのに、いつもこれだ。

沙織は中学のときまで、瑞穂の亡くなった祖父が師範をしていた道場で瑞穂と一緒に合気道を習っていた。稽古の後に家で夕飯を食べて帰ることもあったので、桜良とも顔馴染みだ。

「どんな人と？　かっこいい？」

桜良が興味津々に目を輝かせて訊いてきた。

「会ってないからわかんないよ。わかるのはイケメンでもマッチョでもなくて、すっごい優しいってことくらいかな」

「なーんだ。イケメンじゃないのか」

「あ、そうだ。弁護士なんだって」

「なにそれ！　超エリートじゃん！」

つまらなさそうな顔をしていた桜良が、手にしたスプーンを置き、勢いよく身を乗り出してくる。

「どこで知り合ったの？」

「それが教えてくれないんだよね」

「弁護士なんて、なかなか会わないと思うけど」

たしかにそうだ。なにかドラマチックな出逢いでもあったのだろうか。

「でも、沙織ちゃんがこんなに早く結婚するなんて、意外。ずっと彼氏もいなかったんでしょ？」

瑞穂は黙って頷く。たしかに沙織は昔から男性とは無縁の生活を送っていた。

高校時代は強豪と言われるテニス部で部活三昧だったし、卒業してからも仕事ばかりでそんな暇はなさそうだった。

瑞穂の知る限り出会いもそんなになかったはずだ。しょっちゅう「あの人かっこいい」と騒いでいた瑞穂とちがって男性の話はほとんどしなかった。その沙織が瑞穂より早く結婚するなんて、人生って本当にわからない。

「お姉ちゃんもがんばらなくちゃ。沙織ちゃんに頼んで彼の友達を紹介してもらえば？」

「余計なお世話。わたしは頭より顔の方が大事だし」

桜良がまた始まったという顔で「はいはい」と自分の部屋へ戻っていく。それを見送りつつ、今日会った弁護士の顔を思い浮かべた。

自分とは縁がないだけで、世の中にはあんなにイケメンで頭もいい、パーフェクトな人もいるのだ。ちょっと変わった感じはしたけれど、スイーツが好きそうなところには親近感が湧いた。

あの時間にあの服装でいたということは、仕事でこの辺に来たついでに店に寄ったのだろうか。もしまた来ることがあるなら、『珈琲ダンテ』の抹茶ロールケーキも教えてあげたい。この界隈は瑞穂の庭のようなもので、スイーツのおいしい店なら全部行き尽くしている。

千代田線の千駄木駅から徒歩一〇分の所にある、小ぢんまりした木造の一軒家。それが瑞穂と桜良の家だ。

両親は瑞穂が小学六年生、桜良が一年生のときに事故で亡くなった。父はプロレスファンの間では結構有名なプロレスラーで、アメリカへ武者修行に行った際、観光旅行に来ていた大学生の母と知り合って結婚したらしい。

父はとても大きかった。太くてたくましい腕にぶら下がって遊んだり、プロレス技をよく教えてもらった。日本へ戻ってからは地方巡業が多かったので、まだ幼かった桜良に父の記憶はほとんどない。

合気道の師範だった祖父とは両親の葬式で初めて会い、祖母はそのときすでに他界していた。親戚の話では、ひとり娘がプロレスラーと結婚することに大反対して縁を切ったそうだが、両親が事故で亡くなると、当然のように瑞穂と桜良を引き取ってくれた。

ただ、ニコリともしない祖父は子どもの瑞穂たちには恐ろしくて、最初の頃は家から逃げ出すことばかり考えていた。そんな瑞穂を救ってくれたのが祖父の道場に通っていた沙織だったのだ。

新しい学校に行く前日、その日は桜良が親戚と出かけていて、瑞穂はひとりで留守番をしていた。が、誰もいない家にいるのもつまらなくて、瑞穂は祖父の道場に向かった。

道場での祖父は稽古に夢中で相手をしてくれるわけでもなく、瑞穂も来たものの居場所もなくて仕方なく隅でぼんやり体育座りをしていた。

「一緒にやろうよ！」

そのとき道着を着た女の子が声を掛けてきた。

「私も始めたばっかりだし、まだ友達できなくて寂しいんだ」

そう言って瑞穂の手を取り、壁際に余分に置いてあった道着を手渡した。

「着替えてきなよ。待ってるから」

少し迷ったが、言われたとおり着替えてくると、腕を引っ張られ、準備体操の輪の中へ連れていかれた。

祖父は急に参加した瑞穂をちらっと見ただけでなにも言わなかったが、出て行けと怒鳴ることもなかった。

「名前、なんていうの？　私は沙織」

「わたし……は、瑞穂」

「仲よくしてね！」

そう言って沙織はニッと笑った。

ハッとした。テレビのにぎやかな音が、静かな居間に響いている。いつの間にか、うとうとしてしまっていたようだ。

「懐かしい夢、見ちゃったな」

ひとり言が口をついて出る。祖父は三年前に亡くなった。今思えば、突然小さい子どもをふたり抱えて、大変だったのは祖父の方だったはずだ。でも、嫌味や愚痴なんて聞いたことがなかったし、いつもどっしりと構えていてくれた。働くようになった今ならそのすごさが少しわかる。

「さて、片付け片付け」

ひとりで呟きながら立ち上がり、台所に戻った。

夕食の後片付けを済ませて自室に戻ると、日課の筋トレ、腕立て伏せと腹筋を、一〇〇回ずつこなす。父がいた頃からずっとやっているので、腕の筋肉と腹筋のつき方はちょっとしたアスリート並みだ。細身で少しひ弱そうな今どきの男子より力も強いかも知れない。

そういえば今日会ったあの弁護士も細かったな……とまた思い出してしまう。なにはともあれ、沙織が幸せそうで本当によかったと筋トレをしながら瑞穂は笑顔になった。

沙織を偶然見かけたのは、ふたりでお茶をしてから一週間後のことだ。その日は蟬《せみ》の大合唱がうるさいほどの猛暑日だった。

求人情報のフリーペーパーをもらいにコンビニへ行った帰り、通りの向こうを歩く沙織を見つけた。痛いほどの日差しに遮られてよく見えなかったが、表情がいつもとちがうような気がして胸騒ぎがした。

「沙織」

車が途切れるのを待って道路を渡る。沙織は一瞬、驚いた顔になった後、「あ……瑞穂」と力のない笑みを浮かべた。

「夏休みだって言ってたよね、彼は一緒じゃないの？」

この前会ったとき、夏休みはふたりで結婚式の準備をするから忙しいと言っていたのだ。

「うん……」

そう言った後、沙織は思いつめたような顔で「少し時間ある？」と訊いてきた。

「前の日まで普通に電話で話してたのに、いきなり『現在使われておりません』ってアナウンスが」

「それっていつ？」

「日曜の夜……」

「じゃ、わたしと会った日の夜ってことね」

夕方の四時少し前、瑞穂と沙織はコンビニ近くの公園のベンチに座っていた。

夏のこの時間の公園は蚊が多くて最悪だ。足にはもういくつも虫刺されができていたが、カフェで話そうとは言い出せなかった。ベンチに腰を下ろしてほどなくして、沙織が泣きはじめてしまったからだ。

背中を擦《さす》りながら横に座っていると、落ち着いたのか、沙織は続きを話しだす。

「次の日は一緒に式場を見にいこうって約束してたんだよ。今まで約束を破ったことなんて一度もなかったのに」

沙織はそう言って鼻をすすりながら、ハンカチで涙を拭《ふ》いた。

「スマホが壊れて使えなくなっちゃったとか」

「仕事でも使ってるから、壊れたら放っておかないと思う」

たしかに一週間も使えないままというのは考えにくい。

「もしかしたら、なにかあったのかも知れない」

沙織が深刻そうな顔でポツリと言った。

「なにかって？」

「健《けん》ちゃんがよく言ってたの。弁護士は人から恨みを買いやすいから、いつなにがあってもおかしくないって」

健ちゃんっていうんだと思いつつ、同時に背筋が寒くなる。ドラマではよく弁護士が犯人に命を狙われるようなシーンもあるけれど、まさかそんなことが現実にあるのだろうか。

「家の電話は？」

「連絡はいつもスマホだから」

「ひとり暮らしなの？」

「うん。都内のマンションで」

「そこは行ってみた？」

「場所がわからないし」

「えっ、婚約してるのに行ったことないの？」

「外で会うか、うちに来ることが多いから。仕事の書類とかで散らかってるからって」

相手がひとり暮らしなら、ご飯くらい作りにいきそうなものなのに。沙織は料理が得意だったはずだ。

「向こうの実家に連絡は取れないの？」

「連絡先まだ知らなくて」

「挨拶は？　行ってないの？」

「今月中に行く約束になってたから」

新婚旅行の行き先を相談していると言っていたので、てっきり親への挨拶も済ませているのかと思っていた。住んでいる所も実家もわからないなんて……。

まさかとは思うが、騙されているなんてことはないだろうか。が、目の前で〝健ちゃん〟を心配している沙織に、そんなことを言える雰囲気ではなかった。

「あ！　弁護士ってことは自分の事務所を持ってるんだよね」

先日、二階堂からもらった名刺を思い出して言う。

「ううん、みんなが個人事務所を持ってるわけじゃないみたい。彼は来月独立するって言ってた」

今は都内にある事務所に籍を置いているという。わりと大手のところらしい。

「だったら、そこに訊いてみればいいじゃない」

沙織は少し考え込んでしまう。

「……知り合ったばっかりの頃、職場に連絡するのは控えてほしいって言われたことがあったから」

「そんなこと言ってる場合じゃないよ。職場に電話すればどういう状況なのかくらいはわかるだろうから、一度掛けてみなよ」

「……そうだよね」

沙織は少し考えた後、彼からもらったという名刺を財布の中から取り出した。法律事務所の名前と『澤重健一《さわしげけんいち》』という名前、その下には携帯番号が印刷されていた。

「事務所の番号は書いてないの？」

「うん。外に出てることも多いし、弁護士なんて事務所に所属していても個人で仕事を受けるようなものだからって言ってた。クライアントにもこっちを渡してるって」

とはいえ、名刺なら両方の電話番号を入れるのが普通のような気もしたが、そういうものなのだろうか。

だが、勤めているという法律事務所の電話番号は、ネットで調べるとすぐにわかった。

「ここってテレビCMでもよくやってるとこだよね」

立派なホームページを見て沙織は緊張した表情で頷くと、番号をタップする。呼び出し音がひとつ鳴ったところで、すぐに電話は繋がったようだ。

だが、話している沙織の顔がどんどん青ざめていく。

「……いない？　あの、出かけてるってことですか？　……え？　在籍していない？」

電話を切った後、沙織はしばらく呆然としていた。

「その名前の弁護士は在籍していませんって言われちゃった」

「……沙織。騙されてたってことはない？」

言っていいものかずいぶん迷ったが、思い切って口にした。が、沙織は即座に頭を振る。

「それはない。だって法律にもすごく詳しかったし、仕事の話もよくしてくれたし」

「でも、働いているはずの事務所に在籍してなかったんでしょ？」

法律に詳しい人なんて弁護士じゃなくてもいるはずだ。

「……事務所を変わったのかも知れないし」

「沙織に黙って？」

「なにか事情があったのかも……」

徐々に声が小さくなっていく。連絡が取れなくなった理由を必死に探しているようだ。

しばらくの沈黙の後、沙織がふいに口にした。

「ねえ、瑞穂。あの人に相談してみようか」

「あの人って？」

「この前、カフェで会った人。あの人も弁護士だって言ってたでしょ」

まさに、渡りに舟。なんで思いつかなかったんだろう。相談だけなら無料だと言っていたし、もしかしたら探しだす方法も教えてくれるかも知れない。

「そうだね。ふたりで行ってみよう」


翌日、瑞穂と沙織は二階堂法律事務所へ行くために名刺にあった銀座へと向かう。地下鉄を降り、地下道からデパートの中を抜けて地上へ出ると、強い日差しに襲われ、一気に汗が吹き出してきた。

「瑞穂、緊張してるでしょ」

ハンカチで汗を拭《ぬぐ》う瑞穂を見て沙織が訊いてきた。

「どうしてわたしが緊張するのよ」

「だってあの先生、瑞穂のもろタイプだもん」

だから行くことにしたんでしょと言わんばかりの口調だ。

たしかに好みだが、今回は沙織のことで相談に行くのだ。怪しい人ではないかと心配にもなったので、相談予約をする前にネットでちゃんと下調べもした。

名前は名刺どおり二階堂秀人、大学在学中に司法試験に合格。その大学は日本一と言われる国立大学の法学部だった。

まだ独立したばかりのようだが、以前は大手法律事務所にいたらしく、実績の欄には過去に担当した裁判がいくつも書かれていた。ホームページを見る限り、優秀な弁護士に見えた。

「このビルじゃない？」

地上に出て、裏通りをしばらく歩いたところで沙織が立ち止まる。そこはかなり年季の入った六階建てのビルの前だった。

三階の事務所までエレベーターに乗ったが、これも相当古そうだ。乗った瞬間ギィーッと床が鳴ったので、途中で止まってしまうのではないかと心配になり、思わず沙織と顔を見合わせてしまった。

エレベーターを降りると、擦《す》りガラスに『二階堂法律事務所』と書かれたドアが目に入った。

「ここだ」

黙って頷く沙織を横目にチャイムを探す。それらしいものがなかったのでノックしようとしたら、いきなりドアが開いた。

「お待ちしてました」

「キャッ」

思わず一歩退くと、「どうぞ」と中に通された。二階堂は白いワイシャツにノーネクタイでこの前会ったときよりずいぶんラフな感じだ。ぴしっとしていない格好もよく似合っている。

瑞穂たちは入口近くのソファスペースへ案内された。間仕切りのようなものがないので事務所全体が見わたせたが、二階堂以外は誰もいない。

「久しぶりの客だな」

「え？」

「いや……」

三つ並んだデスクのうちのふたつは書類や本が山積みになっていて、物置きと化している。残りひとつのデスクに置かれたノートパソコンの横には、淡いピンクの陶器に入った食べかけのプリンが置いてあった。

その器には見覚えがある。人気雑誌のスイーツ特集に載っていた京都の老舗和菓子店の限定プリンで、たしか予約が半年待ちの人気商品だ。瑞穂も食べてみたいと思っていたものがここにあるとは……。この前の『花坂』といい、二階堂はかなりスイーツ好きのようだ。

二階堂はプリンの横に置いてあった紙を持ってこちらへ戻ってきた。

「改めまして、弁護士の二階堂秀人です」

そう言って、おもむろに襟元の裏返しのバッジを外し、机の上に置いた。

「あの……この前もそうでしたけど、なんで裏返しに付けてるんですか？」

「ちょっと、瑞穂。いきなり変なこと聞かないでよ」

「ああ、どうでもいいことですが」

きょとんとする瑞穂と恐縮する沙織のどちらにも関心がないように、二階堂は時計をちらりと見てから答えた。

「最近はドラマや映画のおかげでこのバッジも有名になってしまって、電車の中や道で突然絡まれることがあるんです。なので、依頼人と会うとき以外は、基本的には裏返しで付けるようにしています。今もちょうど出かけていたところで」

「へえ……弁護士さんも大変なんですね」

「自分でなりたいと思ってなった職業ですから、大したことではありません。バッジが有名になっても依頼が増えるわけではないのが難しいところですが。さて、些末《さまつ》なことで前置きが長くなりましたが、ご相談は澤重健一という名前の弁護士が実在するかでしたね」

まるで瑞穂の話など時間の無駄だと言わんばかりに、二階堂が腰かけながらいきなり本題に入ったので、瑞穂は少しムッとしながらも姿勢を正す。

「はい！　いましたでしょうか？」

気を取り直して勢いよく訊く瑞穂の横で、「ちょっと」と沙織が脇をつつく。

が、二階堂は特段気にする様子もなく、パソコン画面を印刷した紙に視線を落としながら淡々と答えた。

「日本弁護士連合会のサイトに登録している弁護士を検索できるページがあり、それで検索しましたが、該当する方はいませんでした」

沙織の顔を見ると、俯《うつむ》いて唇をきゅっと結んでいた。

「あの、弁護士会に所属しないで活動しているということはないんでしょうか」

沙織の質問に、二階堂は「ありません」と即答する。

「弁護士として活動するには司法試験に合格した後、約一年間の司法修習と呼ばれる研修を受けなければなりません。研修後は、『二回試験』と呼ばれる試験に合格し、各都道府県にある弁護士会に入会して所属する必要があります」

「でも、中には組織が苦手な人もいるんじゃないですか？　ブラック・ジャックみたいな」

瑞穂の言葉に、二階堂がちらっと目を上げて眉を寄せる。

「いや、あれは医師免許を剝奪《はくだつ》されたという設定だったと思いますが」

そういえばそうだ。的確な指摘に瑞穂ははずかしくなった。

「それに、お尋ねの人物は大手法律事務所に在籍しているということなので、まずありえません。単に騙されていたんだと思います」

にべもない二階堂の言葉に、沙織の表情が強ばった。

「金銭的な被害はありませんでしたか？　たとえば、よくある話だとマンションの頭金としてお金を預けたとか」

あくまで事務的に二階堂は事実のみを聞いてくる。沙織を見ると、深く俯いたままそれに答えようとする気配はない。

「……会いたいんです。とにかく会って話がしたいんです。彼を見つける方法はありませんか」

なんとか声を絞り出した沙織をじっと見ながら、二階堂が答えた。

「絶対に見つかるという保証はありませんが、探す方法はいくつかあります」

その言葉に沙織はやっと顔を上げた。

二階堂が言うには、弁護士の仕事内容などを定めた『弁護士法』の中には、案件の調査に必要な情報を会社などに照会できる制度があり、相手の携帯電話会社によっては、有料にはなるが電話番号から契約者の情報を開示させることができるという。

「それで捜してください」

沙織が身を乗り出す。

「ただ、これは単なる人捜しというような私的な目的では利用できません。相手になんらかの請求をするという前提があって使えるものなのですが」

「……なんらかの請求？」

沙織が眉を顰《ひそ》める。

「今回ですと、強引ではありますが、職業を詐称されたことによって精神的苦痛を被ったとして損害賠償を求めるということになります。費用は掛かりますが、それで試してみましょうか」

説明を聞いた沙織は少し考える素振りを見せたが、すぐに「わかりました、それでお願いします」と頭を下げた。

三週間後、二階堂から携帯の契約者がわかったと連絡が入ったので、瑞穂はまた沙織と事務所へ向かった。

ノックをして扉を開けると、二階堂はちょうど缶コーヒーを飲み干したところだった。それを見て、自分も喉が渇いていることに気づいたが、カバンに入ったペットボトルは空だ。お茶が出てくるだろうと期待したもののそんな気配もなく、二階堂は前回同様ソファに座るとすぐに話しはじめた。

「番号の持ち主は、澤重健一という三一歳の男性でした」

「やっぱり、健ちゃんの携帯なんですね……。健ちゃんは今どこにいるんですか？」

複雑な心境なのか、沙織は戸惑いの色を隠せずに訊ねる。

「携帯電話会社からの回答では、大阪に住んでいるようです」

「大阪？」

沙織が怪訝な顔になる。

「実家が大阪にあるとか、そういった話はしていましたか？」

「それは……」

沙織は曖昧に言葉を濁す。

「どうしますか？　会いたいということでしたら、ご希望に添えるよう努力しますが」

返事を急《せ》かすような言い方に、つい瑞穂が口を挟む。

「ちょ、ちょっと、そんなどんどん話を進めないでください。もう少し沙織の気持ちを考えてくれたって……」

「僕はあくまで依頼主の意思を確認しているだけです」

その温かみのない返答に返す言葉もない。

「ちなみに、相手の居場所を突き止める場合、当然費用は別になります」

二階堂はテーブルの上にあった電卓を手に取り数字を打ち込んで、そのまま沙織に手渡した。瑞穂も覗き込み、思わず「えっ」と声が漏れる。弁護士も商売とはいえ、前回とちがって即決はできない金額だ。

だが、沙織は今回も迷うことなく「お願いします」と頭を下げた。


八月も後半に差しかかった頃、瑞穂の就職活動にようやくよい兆しが見えてきた。これまで書類審査で落ちてばかりだったが、なんとか一社だけ面接までこぎつけることができたのだ。

「ふーん、金属メーカーの物流事務か、つまんなそう」

風呂あがりの桜良が、瑞穂宛に送られてきた通知を見ながらひどいことを言う。

通知には、明日の日付と午後二時から面接、とあった。

「うるさい。やっとたどり着いた面接なんだから。ここだったら家から自転車で行けて、帰りに夕飯の買い物ができて楽なんだよね」

実は、そのうち募集するのではないかと狙っていたのだ。

「なんか所帯じみてるよ、お姉ちゃん」

桜良の容赦ない言葉が心に突き刺さる。

「家の近くとかそういうんじゃなくて、もっと自分がやりたい仕事をすればいいのに。そういうのないの？」

「それは……」

高校の頃は甘いものが好きだからパティシエなんてどうだろうと思ったり、他にもいろいろ考えたりはした。でも、桜良もまだ中学に入ったばかりで家のことが最優先だったし、自分のことを真剣に考える余裕はなかったのだ。

「そういえばお姉ちゃんって、昔から正義感強かったよね。そういうところを生かした仕事は？」

「正義感を生かした仕事ってなによ」

自分でそう意識したことはないが、一応訊いてみる。

「うーん……抜けてるから警察官って感じでもないしな。駐車違反の人に技かけて、腕折りそうだし」

「人を暴力女みたいに言わないで」

「あとはイケメンがそばにいる職場を探すとか」

「まあ……それは理想だね」

ニヤけながら言ったあと、アイドルのような二階堂の顔を思い浮かべたが、あわてて顔を引き締めた。いくら顔立ちが整っていても、ああいう思いやりに欠けた人と同じ職場にはなりたくない。

いや、そんなことより沙織の婚約者だ。やはり弁護士というのは嘘なんだろうか。どういう目的で沙織に近づいたんだろう……。

瑞穂は一度整理してみようと沙織の話を思い出す。そのとき、キッチンに置いてあったスマホが震えだした。

「お姉ちゃん、電話」

桜良に手渡されてディスプレイを見ると、沙織からだった。

「あ、瑞穂？」

声を聞いただけで、なにか進展があったのだとわかる。

「どうしたの？」

「二階堂先生から連絡があったの。健ちゃんに会えるかも知れない。今度、大阪で飲食店を開くらしくて。オーナーならオープンの日に来るんじゃないかって言うから、とにかく行ってみようと思って」

「へ？　飲食店のオーナー？」

このタイミングで店を開くなんて怪しい。もしかして二階堂が指摘したように、沙織はお金を貸していたのだろうか？　そのお金で店を……？

「瑞穂、ついてきてくれない？」

「もちろん行くよ。いつ？」

「明日」

一瞬、返事に詰まる。明日は面接だ。

「なにか予定ある？」

「大丈夫。行こう」

脳裏に高校時代の思い出がよぎる。面接より沙織のことを優先させるのは瑞穂にとって当然だった。


高二のとき、瑞穂には同級生の翼《つばさ》という彼氏がいた。サッカー好きの父親が人気漫画にちなんでつけた名前のとおり、サッカー部のエースで、その端正なルックスから学校でも一、二を争うほどの人気者だった。

彼が瑞穂以外に複数の女の子と付き合っているという噂が立ちはじめたのは、付き合いだして一年ほど経った頃だった。本人に確かめると「そんなわけないじゃん」と明るく否定され、それ以上突っ込むことができなかった。初めてできた彼氏とうまくいかなくなるのが不安で、はっきりさせるのが怖かったというのもある。

そんなある日、他校の女子が学校まで訪ねてきて、翼と別れるよう迫ってきた。自分も翼と付き合っているというポニーテールのよく似合う可愛い女の子だった。彼女の話を信じたくない思いが強くて相当ふたりで言い合った記憶がある。

その後、去り際に捨て台詞《ぜりふ》のように言われた言葉は今も忘れられない。

「翼くんが言ってたよ。プロレスラーの娘だし合気道もやってるから、別れるなんて言ったらなにをされるかわからないって」

正直耳を疑った。「あの有名なプロレスラーが父親なんてすげー」と翼はいつもうらやましがっていたし、合気道だって「道着、似合いそうだよな」と褒めてくれた。

結局、真偽ははっきりせず、ストレスから痩《や》せていく瑞穂を心配してくれたのが、親友で高校も同じところに通っていた沙織だった。

しばらく経ったある夜、沙織が突然、家を訪ねてきた。そして瑞穂の顔を見るなり、「あいつ、サイテーだから。あんな男こっちから振ってやりな」と強い口調で言った。ポニーテール女子が来た次の日、沙織に全部打ち明けたときに「本人にホントかどうか確かめなよ」と言われてはいたものの、それきりになっていたのだ。

いきなりのことでびっくりしながらも、その言葉にすぐ頷けたのは、自分でもそうしたかったからだと思う。

沙織はなにか知っているようだったが、聞いても教えてくれなかった。でも、心はすでに決まっていた。ただ、一歩が踏み出せなくて、沙織に背中を押してもらうのを、ずっと待っていたのかも知れない。

沙織の言葉で張り詰めていた気持ちが一気に緩み、玄関に立ったまま泣き出してしまったが、沙織はなにも言わずに抱きしめてくれた。

その後、ふたりで翼の家まで行った。すでに夜八時を回っていて、翼は夕飯を食べていたので、近くの公園で待つ。食べ終わったらすぐ行くと言っていたのになかなか現れず、やっと姿を見せたのは一時間後。その待たされた時間で心の中にわずかに残っていた迷いも一切消えていた。

気を遣って沙織が帰っていき、ふたりきりになる。

別れたいと切り出すと、翼は最初「なに言ってんだよー」と笑っていたが、本気だとわかると突然キレだして「は？　オレがフラれるとかありえないんだけど」と、手のひらを返したように態度を変えた。

聞いたことのないような乱暴な口調で怒鳴られ続け、泣きそうになるのを堪《こら》えていたら、翼はさらにひどい言葉を浴びせてきた。

「プロレスラーの娘なんて珍しいと思って付き合っただけだから。有名人の娘が彼女ってなんかいいじゃん。そもそもオレがお前なんかに本気になるわけないし」

初めて見る意地の悪そうな顔に、こんな男を好きだと思っていたことを一瞬で後悔した。そのとき、背後から誰かが走ってくる気配がした。心配して滑り台の向こうで待っていてくれた沙織だった。

「女を傷つけるような奴は地獄へ落ちろ！」

沙織はそう叫ぶと、翼にいきなりドロップキックを喰《く》らわせた。地面にうずくまる翼をよそに、沙織は瑞穂へと駆け寄る。

「すごい！　初めて決まった！」

た技だ。喜ぶ沙織を見て、瑞穂は気持ちが少しずつ晴れていくのを感じていた。

新大阪駅に着いたのは三時を少し回ったところだった。新幹線の中では元気にしゃべっていた沙織が、駅に着いた途端、急に無口になる。

澤重がオープンさせるという飲食店は、地下鉄なんば駅から少し歩いた所にあった。奥まった場所だったが、ミナミの繁華街だけあって人通りも多く、『本日オープン』という派手な看板が目立っていた。

店は入口から階段を降りた地下にあるようだ。オープン前なので『準備中』と書かれた札で階段は塞がれていたが、奥を覗き込むと両脇に洞窟のようなごつごつした壁が見えた。表面に金粉を散りばめているのか、安っぽくキラキラ光っている。

「やっぱり健ちゃんじゃないような気がしてきた」

沙織が急に安心したように口を開いた。

「どうして？」

「趣味が全然ちがうんだもん。地味な人で、こういうゴテゴテした感じは苦手なんだよね」

「そうなんだ」としか言えない。仮に澤重が沙織の言う〝健ちゃん〟ではなかったとしても、〝健ちゃん〟が身分を偽って沙織と付き合っていたことに変わりはない。

「オープンは六時からです。もう少々お待ちいただけますか」

背後から聞こえた声に振り返ると、白っぽいジャケットを着た男が立っていた。日焼けした胸元に金色の太いチェーンのネックレスを覗かせた、絵に描いたような水商売風の男だ。「これどうぞ」と渡された小さな紙は、店のサービス券だった。『ビール一杯　半額』と書かれている。

男は沙織にもそれを渡そうとしたが、伸ばしかけた手を途中で止めた。表情が固まっている。振り返ると、沙織もだった。

まさか、この男が？

男は一瞬、目を泳がせた後、思い直したように営業スマイルを作った。

「加瀬さんやないですか。どないしはったんです、こないな所で」

沙織は唇を微《かす》かに動かしたが、声にはならなかった。

「あなたが澤重健一さんですか」

強い口調で問う瑞穂にも男性は笑みを絶やさない。

「そうやけど、なんかご用ですか」

平然と言ってのける男に新たな怒りが沸き上がる。

こいつ、絶対に許せない。

「お話があるんですが、お時間よろしいですか」

澤重はわざとらしく腕時計を見る。

「申し訳ない。これからオープンの準備やから」

「何時頃だったらお時間空きますか。それまで待ってますから」

絶対に逃がすものかと思った。だが、そこでブラウスの袖を引っ張られる。

「行こう」

沙織はそう言うと瑞穂の返事を待たずに踵《きびす》を返し、駅の方へ向かっていく。

「ちょっと待ってよ」

澤重が視界の隅でほくそ笑んだのを見逃さなかった。その顔をキッと睨みつけると、瑞穂は沙織の後をあわてて追った。


「やはり同一人物でしたか」

翌日、沙織と二階堂の事務所を訪ねて昨日の報告をすると、二階堂は納得したように頷いた。

一気に説明した瑞穂はペットボトルのお茶で喉を潤《うるお》した。今日は飲み物が出ないことを見越して途中で買ってきたのだ。

「これからどうしますか。以前お伝えしたように、職業詐称による精神的苦痛の損害賠償を求める手続きに入ってよいでしょうか？」

押し黙る沙織に二階堂が訊く。答える気配がないので、瑞穂がその質問を引き取った。

「それって、訴えるってことですよね？　沙織、訴えよう！」

沙織の腕を強く揺する瑞穂へ二階堂は冷たい目を向ける。

「そちらを検討する前に、以前した質問に答えていただきたい。加瀬さん、澤重との間に金銭の貸し借りはありましたか」

二階堂は沙織の方だけを見て、改めて質問した。

それは瑞穂もずっと気になっていたことだ。

「あります」

沙織が意外にもあっさりと答えた。

「開業資金として必要だと言われたので、五〇〇万貸しました」

「借用書は交わしましたか？」

「……いいえ」

沙織はそう答えたあと、膝の上で拳を握りしめた。

五〇〇万？　沙織がこれまで必死に働いて貯めてきたお金が、あの趣味の悪い店の開店資金に使われたというのか。状況を把握した瑞穂の怒りは倍増した。

「先生、これって詐欺ですよね」

勢い込んで言ったが、返ってきたのは予想外の答えだった。

「詐欺だと裁判で認められるのは難しいかも知れません。訴えることはできますが、論理的に計算して……勝率五パーセント以下」

五パーセント!?

二階堂は初めて会ったときのように、右手で宙になにかを書いている。

「これが詐欺じゃなかったらなんだって言うんですか？」

「そもそも開業資金としてお金が必要だったというのは嘘ではない。借りたときは返すつもりだったが、後で返せなくなった。そう言われたら、これは詐欺に当たりません。最初から返すつもりがなかったというなら詐欺ですが」

「そんなつもりなかったに決まってるじゃないですか！」

「それをどうやって立証するんですか？」

一瞬答えに詰まるが、なんとか言い返す。

「身分を偽って借りたってことが、そういうつもりだったってことです」

「『私文書偽造罪』という罪があります。他人の名前や印鑑を勝手に使い、借用書などの文書を作成した際に問われるものです。しかし今回は肩書きを偽っているに過ぎません。そもそも借用書がないようですし」

「でも、弁護士だって嘘をついてたんですよ」

「たしかに、弁護士の肩書きを偽ることは弁護士法に違反しており、罰則もあります。しかし、前に見せていただいた澤重の名刺には法律事務所の名前が載っていただけで、弁護士という肩書きの記載はありませんでした」

ああ言えばこう言うとは、まさにこのことだ。感情の込もらない声で淀みなく話し続ける二階堂の態度に苛立ちを隠せない。

「でも、弁護士だって言って沙織と付き合って、結婚の約束をしておきながら姿をくらましたんです！　それで事務所を開くために貸したはずのお金であんな趣味の悪い飲み屋を開いて。これが罪にならないって言うんですか！」

二階堂は興奮している瑞穂を見て「趣味が悪いかどうかはこの場合、一切関係がない」と呆れたように呟いた。

「普通の恋愛でも、急に音信不通になることはあります。そもそもあなたは、民事事件と刑事事件をごっちゃにしている」

大きく息を吐いて再び二階堂は続ける。

「いいですか。〝罪になる〟というのは、刑事事件の話です。たとえば窃盗《せっとう》や傷害、殺人などですね。警察が逮捕して裁判で有罪になったら、罰金を払ったり刑務所に入ったりする事件のことです。対して、民事事件は、貸したお金が返ってこないとか、慰謝料とかお金や不動産等の財産をめぐるトラブルに関することです。罰金やら刑務所やらは関係ありません。今回のケースは、明らかに民事ですから、罪になるかどうかはそもそも関係がない」

「そんな難しいことわかりません！　沙織が一生懸命働いて稼いだお金を取り返したいだけです！」

「僕は、『詐欺と認められるのが難しい』と言っただけで、お金が返ってこないとは言っていません。すべては証拠次第です」

どんどん感情的になる瑞穂を蔑《さげす》むように二階堂が言う。もはや二階堂と瑞穂の間には険悪な空気が流れていた。

「……証拠って、どんなものが必要なんですか」

二階堂の侮蔑するような視線に我に返り、瑞穂は気持ちを落ち着かせながら質問する。

「まずは、結婚の約束を交わしたという証拠です。相手からもらった婚約指輪、結婚について話をしたメール、結納や両親に紹介したとか、なんでもいいんですが、なにかありますか？」

二階堂はもはや瑞穂を見ずに沙織の方を向く。すぐに、沙織はゆっくりと首を振った。

「ありません」

「沙織、もっと考えてよ。五〇〇万円を取り戻せるんだよ？」

「いえ、今言った証拠があったとしても、今回のようなケースでは簡単に五〇〇万は戻らないかも知れません」

瑞穂は話がちがうと口を開きかけるが、二階堂の呆れ果てた瞳に見据えられてそのまま口を閉じた。

「おそらく相手は五〇〇万を『受け取ったこと』自体は否定しないでしょう。五〇〇万なんて大金の移動は、調べればすぐにわかりますから。でも、相手がその五〇〇万を加瀬さんから『もらった』と言ったら？　今回の場合、澤重はまちがいなく『もらった』と主張するでしょう。この五〇〇万を『借りた』と言うと、返さなければならなくなりますから」

「は？　そんな大金、あげるわけないじゃないですか」

二階堂の顔にあからさまな軽蔑の色が浮かんだ。

「あなたは恋人からプレゼントをもらったことがありますか？　もっとも、恋人がいれば、の話ですが」

「ありますけど」

バカにされたようでカチンと来た瑞穂はわざと力を込めて答えたが、二階堂は表情ひとつ変えず、さらに踏み込んできた。

「それはブランド品のバッグや宝石など、高価なものですか？」

「そんなに高価なものは……」

付き合ったのは、同年代の男性ばかりだったし……と、後半は心の中で続ける。

「では、もらったものの中で一番高いプレゼントは？」

そんなことを答える必要があるのかと思ったが、一応思い出す。

「誕生日にもらったネックレスです」

「なるほど」

その一ヶ月後に、他に好きな子ができたと振られてしまったのだが。

「それは、あなたがたまには高いものをよこせと要求したからでしょうか」

「そんなこと言うわけないじゃないですか。そもそも、高いっていってもそんな大した額じゃありません。わたしはプレゼントっていうのは気持ちだと思ってますから」

〝気持ち〟というところを強調して言うと、二階堂は満足げに頷いた。

「では、その五〇〇万も〝気持ち〟だとは思いませんか？　将来の伴侶となる相手が、開業する資金が足りなくて困っていた。〝気持ち〟があれば、あげるのではないでしょうか」

「そんな大金、あげるわけないじゃないですか！」

「それは、安物のネックレスを恋人の誕生日プレゼントに渡すような、蓄えのない人の考えです」

言い返すこともできない。大した額でないなんて言わなければよかったと瑞穂は唇を噛《か》んだ。が、二階堂はそんなことはどうでもいいようだった。

「加瀬さんは経営者で、かなりのお金を持っているはずだ。開業資金として五〇〇万くらい出したとしても不自然ではない。つまり、五〇〇万は貸したのではなく、あげたと見なされてしまう可能性も少なからずあるということです」

そんなバカなことがあるだろうか。沙織はともかく、向こうには最初から結婚する意思などなかっただろう。仮にあったとしても、結婚をやめた時点で返すのが筋ではないか。

「おかしくないですか？　なにか証拠がないと婚約していたことにならない。その証拠があったらお金は貸したんじゃなくてあげたことになる。それじゃ結局、五〇〇万は返ってこないじゃないですか」

再び語気が強くなるのを抑えられずに、二階堂をまっすぐに見つめて言った。

ようやく理解したか、二階堂はそう言いたげな表情で頷いた。

「その確率が高いということです」

「相手が『これはもらった金だ』って言うからですか？　でも、そのお金は結婚するから出したお金ですよね。相手に結婚するつもりがなかったんだから、嘘をついたことになるじゃないですか」

「いや、おそらく相手は『結婚するために五〇〇万が必要だ』と言ったのではなく、『開業するために五〇〇万が必要だ』と言ったはずです。結婚の話をそこで出していない限りは厳しいでしょうね」

気づけば再び二階堂と瑞穂の議論の応酬で、さっきから沙織はひと言もしゃべっていない。瑞穂は熱くなりすぎたと密かに反省した。

二階堂が黙っているだけの沙織に視線を向ける。話の内容を否定しないということは、おそらくそのとおりなのだろう。瑞穂はだんだん虚しい気持ちになった。

「でも、実際にお金を使ったのは事務所ではなくて、飲み屋なのに……」

「開業資金であることには変わりない」

ため息が出た。

「じゃあ、五〇〇万を返せと言っても無理なんですね……」

もはやどんな手を打ってもお金は取り返せないということか。瑞穂の力ない呟きにも二階堂のあくまで事務的な口調は変わることがない。

「借用書を作らなかったのが問題ですね。もちろん五〇〇万円なんて大きな金額は『普通はあげない』と言って裁判をすることはできます。でも、証拠がない上に『あげた』『貸した』で言い争いになり、裁判は平行線に陥るでしょう。数年掛かる可能性もあります」

二階堂の言っていることは正しい。でも、それは理屈の上だけだ。沙織が信じていた男に騙されて深く傷ついているのは紛れもない事実なのに……。

たったそれだけのことを証明するのがそんなに難しいことなのだろうか。もはや言うことも尽きて瑞穂も俯いてしまう。その場に沈黙が落ちた。

「でも、ちがった意味でお金をもらうことはできます」

静かな空間に二階堂の冷静な声が響く。

「もらう？」

瑞穂はあまり期待はせずに顔を上げた。

「はい。損害賠償って聞いたことありますよね。婚約を履行しなかったということで『損害賠償』を請求するんです」

損害賠償――。

「その場合でも婚約していた証拠と、婚約不履行の証拠は必要ですが。それなら論理的に計算して……」

「もういいです」

二階堂が右手を途中まで上げたところで、それまで黙ってやりとりを聞いていた沙織がやっと口を開いた。

「もともとは騙された私が悪いんだから」

「なに言ってるの。そんなわけないでしょ」

あわてて否定する瑞穂を、沙織は見ようともしない。

『もういい』ということは、澤重に対してなにもしないということですか」

沙織は深く頷いたが、なにかに気づいたのか不安げに二階堂へ訊ねた。

「でも、なんの請求もしないと契約違反になりますか？」

携帯電話番号を使って澤重の住所を調査する際、損害賠償の請求を承諾したことを思い出したのだ。

「そうですね。でも、そういうことなら仕方ありません」

二階堂はあっさりと承知した。

「あの、ちょっと待ってください」

あわてて口を挟んだ瑞穂の言葉を遮るように、沙織はひとつ頷いて言葉を続ける。

「これまで掛かった費用はどのようにしたらいいでしょうか」

「後日、請求書を送らせていただくので、振り込みをお願いします」

「わかりました」

冷静に返事をする沙織に、瑞穂が口を出す余地はもうなく話は終わってしまった。

冷房の効いた事務所から外に出ると一気に汗が吹き出す。夕方になって日差しは和らいでいたが、アスファルトからの放射熱で蒸し暑さは増したように思える。

瑞穂も沙織も無言のまま歩きだした。

中央通りに出ると、通行人もぐっと増える。

「あーあ、今夜も暑そうだね」

沙織が急に口を開いた。近くを観光客らしい外国人の集団がにぎやかに通り過ぎていく。

「……ホントにいいの？」

団体が遠ざかったところで瑞穂が訊いた。

沙織はハッとしたように瑞穂を見たが、すぐに小さく頷いた。

「私ね、思ったの。これってお父さんが『会社を畳んじゃいけない』って言ってるんじゃないかって」

「…………」

沙織は笑顔だったが、それはお父さんを亡くしたばかりのときによく見た、つらいことに耐えようとがんばっているときに見せる顔だった。

罰《ばち》が当たったとか、試練を与えられてるんだとか、つらいことに遭遇したとき、人はそういう考え方をすることがよくある。でも、今回は絶対にちがう、と瑞穂は思った。

仮に天国にいる沙織の父親が娘に会社を続けてほしいと望んだとしても、こんなやり方はしないだろう。昔、道場に稽古を観にきていた沙織の父はひとり娘を本当に大切に思っていた。娘が傷つくようなことを絶対にするはずがない。

「婚活パーティーで知り合ったんだ」

交差点で信号が赤になり、足を止めた沙織がぽつりと言った。出会ったきっかけは今まで何度か訊いたが、いつもうまくはぐらかされていた。

「早く家族がほしかったの。お父さんが遺してくれた会社だからってがんばってきたけど、やっぱりひとりは寂しくて」

寂しい気持ちはわかる。そう言いたかったが言わなかった。ひとりっ子の沙織とちがって、瑞穂には桜良がいる。祖父もいた。ひとりぼっちになったことはない。

沙織からこんな話を聞くのは初めてだった。何歳までに結婚したいとか子供は何人ほしいとか、そんな話をするのはいつも瑞穂で、沙織は常に聞き役だった。

交差点の信号が青に変わる。信号待ちの人の群れが、一斉に横断歩道を渡りはじめた。

「あ、瑞穂は地下鉄だからあっちでしょ？　私、今日はもう少し歩いてく」

地下鉄への入口なら信号を渡った先にもあったが、一緒にいても今はなにも言ってあげられないような気がした。沙織もひとりになりたいのかも知れない。

「わかった。じゃあまた連絡するね」

そう言うと、沙織は手を振りながら有楽町方面へ歩いていった。沙織を元気づけるような言葉を掛けてあげられなかった自分が情けない。

沙織の姿を見送った後、桜良にかりんとうを買ってきてと頼まれていたことを思い出した。

祖父に育てられた桜良はお年寄りが好むようなお菓子が好きで、これは銀座の店頭でしか買えないから絶対に買ってきてと、今朝何度も念を押されたのだ。店の場所をＬＩＮＥで送ると言っていたが……。

ない。バッグの中をいくら捜してもスマホが見当たらない。家に忘れたのかと一瞬思ったが、二階堂の事務所で筆記用具を取り出すときにソファに置いたことを思い出した。

もしかしたら、あのまま忘れたのかも知れない。またあのすました顔を見るのは憂鬱《ゆううつ》だったが、瑞穂は来たばかりの道を急いで引き返した。


事務所に戻ると、二階堂は先ほど瑞穂たちが座っていたソファでマドレーヌを口にしながら分厚い本を読んでいた。会うたびにスイーツを食べている気がして少し呆れたが、食べている姿もやはりかっこよくてなんだか悔しくなる。

「すみません。ちょっと忘れ物をしてしまったみたいで」

普通は一緒に捜してくれると思うのだが、二階堂は「そうですか」と言っただけで、そのまま本を読み続けている。哲学の本のようで、難しそうなタイトルだ。

二階堂の周りや足元を捜したが見当たらない。やはりここを出てから落としたのだろうか。そう思ったとき、二階堂が一瞬、腰を上げて座り直した。

「あっ！　すみません。ちょっと立っていただけますか」

瑞穂の声に二階堂が顔を上げ、怪訝な顔になる。

「今、スマホが見えた気がしたんです」

二階堂が仕方なさそうに立ち上がった。

「あった！」

手を伸ばしてソファの上にあったスマホを取る。お尻の下敷きになっていたので、温かった。

「気がつかなかったんですか？」

何事もなかったかのように座り直す二階堂を見て、冷たく訊ねる。

「確認せずに座ったので」

「でも、こんなものがお尻の下にあったら、違和感ありますよね」

「ちょっと固い感じはしたかも知れない」

だったら、普通は確かめると思うのだが。

「そういえば、給料未払いの件はどうなりましたか」

唐突に二階堂が訊いてきた。最初に会ったとき以来話に出てこなかったので、もう忘れているのかと思っていた。

「あの後、元同僚と相談して、請求の手続きを進めているところです」

といっても、就職活動と沙織の件でバタバタしていたので元同僚に任せきりの状態だ。

「それならいい。あれは論理的に計算しても勝率八〇パーセントと言ったはずです。泣き寝入りすることはない」

二階堂は得意げに話を続けた。

「まず立替払いを請求する者は、未払賃金総額等必要事項についての証明を破産管財人等に申請し……」

二階堂の話はいつも専門用語ばかりで瑞穂にはまったく理解できない。それでもお構いなしに話し続ける様子にムカムカしてきた。

「そんなことより、どうしてもっと言ってくれなかったんですか」

二階堂は言葉を止め、きょとんとした顔になる。

「なんの話ですか？」

「そんな悪い男は許したらダメだとか、訴えるべきだとか、沙織にもっと言ってほしかった」

「それは言えません」

二階堂がきっぱりと言った。

「どうしてですか？　弁護士さんに説得してもらえれば、沙織だって気持ちが変わったかも知れないのに」

「さっきも話しましたが、詐欺罪というのは立証が難しい。もちろん過去の裁判では、同様の事件で損害賠償を認めた例もあります。が、その裁判例では『もし金を出せないなら結婚の話もなくなるぞ』という、結婚とお金を直接結びつける発言があった」

「じゃあ、沙織の相手がそういう言葉を言っていたら、まだ望みがあったということですか？」

「そうですね。でも今回は加瀬さん自身がそういう言葉はなかったと記憶している。結婚とお金を直接結びつけることができないので、論理的に計算しても勝率が五パーセントしかないのです。勝率五パーセントの裁判を起こせと、こちらから勧めるわけにはいきません。裁判は難しいものほど多くの時間やお金、なにより精神的な労力を要します。そんなつらい戦いをむやみに勧めることはできない」

「じゃあ、損害賠償の請求は？」

「それも今回の件に関しては、婚約をしていたという証拠集めが必要です。周りの人に証言をお願いすることにもなるでしょう。本人に損害賠償を認めさせたいという強い気持ちがあれば別ですが、それがないのに負担が掛かることをあえて勧めるわけにはいきません」

二階堂は〝正しい〟としか言いようがないことを繰り返す。でも、そんな論理ばかりなら、結局被害に遭った人はなにもするなということではないか。それが傷を広げないで済む最善の方法だと思っているのだろうか。

「法律って冷たいですね」

気がついたら口から出ていた。

「そうですね。使い方を知らなければ」

二階堂が珍しく感情のこもった声で言った。

「知っていればちがうんですか？」

「ちがいます。法律は弱者を守るために生まれ、弱者のためにあります。それをきれいごとだと言う人間もいますが、法律は本来、人の幸せや、大切な人たちとのつながりを守ることができるものです。もちろん法律を悪用して〝凶器〟にする連中がいるのも事実です。でも、法律をちゃんと知っていれば、そのような相手から自分を守る最大の盾にもなります」

瑞穂は、その意外な答えに驚いた。二階堂の目は熱を帯び、これまでにない熱さが感じられる。

「でもだからといって、なんでもかんでも訴えればいいというわけではない。つまらないことに苦しまないことも大事です」

「つまらないこと?」と瑞穂は二階堂の無神経な言葉に苛立った。

「それに裁判を起こしたって勝率は……」

また勝率の話か。この人はもっともらしいことを言うけれど、結局勝率が低い裁判に関わりたくないだけだろう。

「弁護士って楽しいですか?」

瑞穂はため息をつきながら、二階堂の言葉を遮った。実際、専門家でもない限り、法律の使い方を知っている人なんてそうそういない。法律をよく知っていて助けてくれるはずの弁護士だって、現に勝率や報酬のことばかり口にして、使い方をよく知らない沙織のような人間を助けようとはしてくれない。

二階堂は質問の意味がわからないとでも言いたげに瑞穂を見つめた。

「先生はどうして弁護士になったんですか?」

「理由はとくにありません。『六法全書』を読むのがおもしろかったからでしょうか」

一瞬間があったが、二階堂は机の上にある重そうな本を軽く持ち上げて投げやりに答えた。どうせその本の内容も瑞穂にはわからない。難しいことしか載っていない本だろう。

「きっと気持ちがいいですよね。難しい言葉を並べたてれば、相手は言うことを聞くしかないんですから」

「気持ちがいいというか、弁護士は自由といえば自由ですから、気持ちを楽に保つことはできますね。ひとりで仕事ができる分、自分の裁量でいろいろ決めることもできますし、上司や会社の圧力だとか、他人からの理不尽な扱いなどとも無縁です。まあ、今は依頼自体が少ないので自由というか暇ですが」

嫌味に気づかないのか、笑みを浮かべて話す様子に瑞穂はきっぱりと言った。

「もう、先生には頼りません。自分の力で戦います」

「はい？　それは弁護士を立てないで戦うという意味ですか？」

「いいえ、法律に頼らないという意味です」

「意味がわかりませんが」

意味なんてない。世の中は頭のいい人間の理屈で成り立つことばかりではないのだ。

「法律とは関係のないところで戦います。亡くなった父は戦うことにかけてはプロでしたから」

「話がよく見えないのですが。あなたのお父さんは……」

「プロレスラーでした」

二階堂は鳩が豆鉄砲を食ったような顔をして一瞬固まったが、すぐさま言葉を返した。

「戦うというのは暴力を使うという意味ですか」

「そういうこともないとは言い切れませんね」

「暴力は、暴行罪や傷害罪という犯罪になります。相手に唾《つば》を吐きかけるだけでも罪になる場合だってあります」

「そうですか。でも、お金を騙し取って心を傷つけるのも罪じゃないんですか？」

「もちろんお金を騙し取るのは犯罪です」

「でも、法律では裁けない。だったら、もう別の方法に頼るしかないじゃないですか」

二階堂がなぜそんな話になるのかと唖然とする。

「相手は男ですよ。いくらあなたがプロレスラーの娘でも、勝ち目があるとは思えない。論理的に計算して……」

「お得意の勝率ですか？」

うっすらと目に涙を浮かべている瑞穂に気づいて、二階堂はハッとしたように上げかけた手を止めた。

「勝率が高かろうが低かろうが、戦うと決めたら戦うんです。父はよく〝戦うと決めたら、なにがあっても逃げちゃいけない。たとえ負けたとしても、逃げなかったことが大事なんだ〟と言っていました。もしそれでわたしが犯罪者になって裁判になったら先生に弁護をお願いしてもいいですか。そんなに暇なら受けてくれますよね。お金はたくさん払えないと思いますけど」

自分でもなにを言っているのかよくわからなかったが、最後はやけくそだった。

「あなたはなにか誤解をしている」

二階堂が真剣な顔で言ったが、続きを聞くつもりはなかった。そもそもこの人がなにもしてくれないから、自分が沙織を助けると決めたのだ。

玄関へ向かう途中、ゴミ箱の中の缶コーヒーが目に入った。二階堂が飲んだものだろう。

「先生、生意気かも知れませんが、ひとつ忠告してもいいですか」

振り返って、ソファの前に立っていた二階堂をまっすぐ見据えた。

「お客さんにはお茶くらい出した方がいいと思います。そんな社会人として当たり前のこともできないから、お客さんが来ないんですよ」

それだけ言って頭を下げると、事務所を後にした。


夜になると、後悔が襲ってくる。

どうしてあんなことを言ってしまったのだろう。頭に血が上り、勢いに任せて父の話までしてしまった。それに、相談のときにお茶を出せなんて、弁護士の先生に自分が言うようなことではない。

昔から腹が立つと言わなくていいことまで言ってしまう。子どものときはすぐに手を出して、「合気道の極意に反する」と祖父によく叱られた。

今日、二階堂の事務所で言ったことも、祖父が聞いたら、さぞ嘆き悲しむにちがいない。

「合気道は争わないための武道」、それが祖父の口癖だった。だからこそ、プロレスラーという道を選んだ父のことをいつまでも許せずにいたのだ。

食器を洗いながら何度目かのため息をついていると、桜良が、かりんとうを食べながら入ってきた。

「お姉ちゃん、沙織ちゃんが来たよ」

「え、今？」

時計の針はもう九時を回っている。

「結婚おめでとうって言っちゃったけど、結婚じゃなくて、まだ婚約だよね」

まだなにか言いたげな桜良を無視して、玄関へ飛んでいく。

玄関で待っていた沙織は、瑞穂を見るなり「よかった……」と胸に手を当てて、その場にしゃがみ込んだ。

「どうしたの？」

「二階堂先生から電話があって、瑞穂が犯罪者になっちゃうから止めてきてくれなんて言われたから。びっくりしちゃって」

「えっ」

「僕は基本的に民事だけで刑事はやりませんって、あわててたよ。なんか昔いろいろあって、とか言ってたけど。瑞穂、なに言ったの？」

「それは……まあ、とにかく上がってよ」

沙織が家に来るなんて久しぶりだ。自分の部屋は散らかっているので、さっきまで食事をしていたテーブルに沙織を座らせる。

小さい頃、合気道の稽古の後で沙織が家に寄ると、同じ場所で瑞穂が作ったカレーを一緒に食べたのを思い出す。でも今、テーブルの上にあるのはお菓子と缶ビールだ。

「……なるほどね。瑞穂、あんなイケメンを前によくそんなこと言えたね。カーッとなると啖呵《たんか》切っちゃうところは、昔と変わらないけど」

事の顛末《てんまつ》を聞いた沙織は苦笑する。

「顔だけの男はやっぱり心がないね。話聞いてたら、ホント頭にきた」

「瑞穂、昔からイケメンにはひどい目に遭ってるよね。ほら、あの翼っていうのもサイテーだった」

沙織が記憶の底で眠らせようとしている話をほじくり返す。

「もう、忘れてよ〜」

「忘れられるわけないでしょ。ドロップキックを実践で使った唯一の相手なんだから。でも、まさか、あんなにうまく決まるとは思わなかったけど」

沙織が唇に泡を付けながらうれしそうに言う。

「でも、沙織はそれが原因で試合に出られなくなっちゃったんだよ」

「あー、それだけは忘れたい」

あの夜、沙織のドロップキックが決まったところで、翼の母親が現れたのだ。後で聞いた話では、息子が遅い時間に家を出ていったので、心配で様子を見にきたらしい。うずくまって泣いている息子に駆け寄った母親は、自慢の息子の前歯が欠けているのに気づいて怒り狂い、その場で担任の携帯に連絡した。そのせいで沙織は翌日に控えていた高校最後のテニスの大会に出られなくなってしまったのだ。

「翌日が試合だって知ってれば、わたしも行こうなんて言わなかったのに」

「ダメダメ。思ったときは即実行なんだから」

それは瑞穂も常日頃から思っていることだ。だから似た者同士、仲よくしていられるのかも知れない。

「もしかして瑞穂、あのときの恩を返そうとしてくれてるの？」

沙織が急に深刻な顔になった。

「あのね、恩なんて思ってないから。あのあとわたし、学校にいづらくなっちゃったし」

瑞穂はあえて拗《す》ねた口調で言う。が、それは事実でもあった。

翼のファンの女子に恨まれ、彼女たちやその友達に卒業までずっと無視され続けたのだ。

こっちはこっちで大変だった。

「じゃあ、もう今回の件もこれで終わりってことで。私もいい人生勉強になりました」

沙織が酔っ払っておどけた口調で言う。

「……ねえ、あのときの沙織が今の姿を見たら、どう思うかな」

瑞穂はビールの缶を握りしめながら、沙織を見た。

「え？」

「きっと、人の気持ちを利用するような卑怯な奴を許すな、泣き寝入りなんかするなって怒るような気がするんだけど」

沙織は一瞬黙ったが、すぐに反論する。

「それって訴えるってこと？　ないない。借用書も書かせないであんな大金貸すなんて、どう考えたっておかしいでしょ。経営者としても失格だよね。私がバカだっただけなの。だから瑞穂ももう気にしないで。騙された私がいけないんだから」

「そんなことあるわけない！」

思わず大きな声が出た。沙織が驚いて瑞穂を見る。

「騙された方が悪いなんてあるわけないじゃない。騙した方が一〇〇パーセント悪いんだよ。もしわたしが同じ目に遭ったら、沙織だってそう言うでしょ」

思わず力が入る。言い終えたところで、鼻の奥がつんと痛くなった。沙織はなにも答えずに宙を見つめながら、缶ビールを弄《もてあそ》ぶ。

「今のわたしはあのときの沙織と同じ気持ちだから。沙織を傷つけた奴をどうしても許せない」

涙が出そうになるのを我慢して、なんとか最後まで言い切った。本当に泣きたいのは沙織のはずだ。

沙織は缶の中に残ったビールを一気に飲み干すと、こちらを見ないで「ありがとう」と言った。瞬《まばた》きをしたその目から涙が零《こぼ》れた。


翌日、ふたりでまた二階堂の事務所を訪れた。沙織はあの後、自分から「訴える」と言ったのだ。

昨日の今日で二階堂に会うのは気まずかったが、澤重を訴えたい、詐欺での立証が無理なら損害賠償を請求したいと伝えると、何事もなかったように「わかりました」と言った。

しかし、机の方へいったん戻ると、二階堂は書類をまとめながら瑞穂に説教を始めた。

「あなたは短気なところがある。〝短気は物事を煩《わずら》わしいものに変える〟ですよ」

「はあ」

たしかにどちらかと言えば短気な方かも知れないが、突然のよくわからない、それでいて失礼な言葉にカチンとくる。ムッとしたままテーブルに目を遣ると、冷たいお茶のペットボトルが二本置いてあることに気づいた。この前言ったことは一応伝わってはいるようだと、瑞穂は溜飲を下げた。

「まずは付き合っていた証拠を集めましょう」

二階堂の言葉に沙織は不安げな顔になった。

「この前お話ししたとおり、手紙やメールもないんですけど」

「目に見える証拠がなくても、他人の目撃証言があればそれを補うことができます。デートのときに偶然、知り合いに会ったというようなことはありませんでしたか？」

「ないですね」

「では、ふたりで外食をした際に店員に顔を覚えられたかも知れないということは？　たとえばクレームを言ったとか、誤って食器を割ってしまったとか、なにかしら印象を与えるような」

今度は少し時間を掛けて考えた後、沙織は「ありません」と頭を振った。馴染みの店もなく、店員と雑談をするようなこともなかったという。

そこで瑞穂が口を挟む。

「沙織がそう思ってても、案外覚えられてるかも」

高校時代に近所の喫茶店でアルバイトをしていたときのことを思い出す。可愛い服を着ていた人とか、変わった癖がある人とか、会話なんてなくても自然と覚えていた。

「先生、もし店に行って聞くんだったら、わたしに手伝わせてもらえませんか。どうせ無職で時間なんてたくさんあるし」

沙織のためになにかしたかった。断られてもやってやろうと身構えたが、二階堂は「わかりました」とだけ言った。

それから、沙織がデートで行った店めぐりが始まった。しかし、瑞穂が働いていた個人店とちがい、大きな店はバイトの入れ替わりが激しく、ふたりが行った頃に働いていたスタッフに会うことさえままならなかった。

「かしこまったレストランへ行くようなことはなかったんですか？」

事務所へ報告に行くと、沙織に二階堂がそう訊いた。

「高級店ってことですか？」

「高級じゃなくても、予約を取らなければいけないような店とか」

「あまりそういう所は……」

沙織はそう言った後、「あ、でも」となにかを思い出したような顔になる。

「一度だけ、私の誕生日に予約しないと入れないようなレストランに行ったことがあります」

そこは夜景がきれいなことで有名な店で、たまたま通りかかってダメ元で訊いてみたら入れたのだという。

「誕生日やクリスマスなど特別な日に会っていたことがわかれば有力な証拠になります」

よし！と瑞穂も手を打ったが、沙織が付け加えた言葉で期待は裏切られた。

「でも、覚えられてないと思います。すぐに出てきちゃったので」

「どうして？」

「となりの席で婚約を祝う会をやってて騒がしかったの。私はそれほど気にならなかったんだけど、あの人がうるさいから出ようって」

そのときに店に苦情でも言っていれば印象づけられたかも知れないが、それもしなかったという。

「とりあえず行ってみましょう」

今度は二階堂もついていてきてくれることになった。


「申し訳ありませんが、記憶にございませんね」

店の責任者だという男性が恐縮するように言った。その店は、テレビの情報番組でもよく取り上げられている人気店だった。

グルメサイトには料理はイマイチだと書かれていたが、海辺から遠くのビル群を望める美しい夜景のおかげで、常に予約でいっぱいのようだ。沙織が行った日はおそらくキャンセルが出たのだろう。

「日にちも時間もわかってるんです。その日に出勤していた店員さんに聞いていただくことはできませんか」

瑞穂は食い下がったが、当時のバイトがやめてしまっているので無理だと取り合ってもらえなかった。やはり、ふたりの目撃証言を取るのは無理なのだろうか。そう思っていたとき瑞穂はあるものを見つけた。

「あれは防犯カメラですか？」

沙織が瑞穂の視線の先を追うと、たしかにカメラらしきものがレジ周りを映すように取り付けられている。

「この日の映像を見せていただくことはできませんか」

必死に迫る瑞穂に、責任者は丁寧な物腰のまま頭を下げた。

「大変申し訳ございません。プライバシーの問題がございますので、できかねます」

となりにいる二階堂は、そんなことは当たり前だと言うような顔で頷いていた。その表情に、ダメとわかっているなら先に言ってほしいと思いながら瑞穂は「そうですよね、すみません」と観念した。

「お忙しいところ、ありがとうございました」

お辞儀をした二階堂に続いてふたりも頭を下げながら店を出る。

「防犯カメラは基本的には警察でないと見せてもらえないことが多いです。だが、なかなか観察力がありますね」

「たまたま天井を見ていて……」

まさか二階堂に褒められるとは思わず、瑞穂が満更でもない顔で気づいた理由を話そうとすると、二階堂はすでにまったく興味がないようで沙織の方を向いていた。

「ところで加瀬さん、ブログやSNSのようなものはしていないんですか」

「私、そういうのは苦手で」

駅へ向かいながら、二階堂と沙織の話に耳を傾ける。たしかに沙織はブログやSNSを嫌っていた。自分のプライベートを他人に公表して、なにが楽しいんだろうと普段から瑞穂にもよく言っている。

「今日はふたりでどこへ行った、なにをしたみたいなことを書いてあるものがあれば、証拠のひとつになる可能性があるんですが」

「ダメですね。私、変にアナログなところがあって。日記は自分の字で書くものって思っちゃうんです」

その言葉に二階堂の切れ長の目がキラッと光った。

「日記を書かれてるんですか？」

「はい、ほぼ毎日。あっ、でもブログとちがって写真はありませんけど」

「かまいません。見せていただけますか」

口元に薄く笑みを浮かべた二階堂は小さく「これで勝率はかなり上がる」と呟いた。


翌日、日記帳を事務所へ持ってきた沙織は、それを読んでいる二階堂の前で顔を赤くして俯いていた。

「ブログやSNSは人が見るものだから、人の目を意識して嘘が書かれている場合があります。でも、日記は自分しか見ない。つまり、嘘を書く必要はない。そういう意味で信用度は高くなります」

日記を熱心に読みながら、二階堂はそう説明した。

「加瀬さん」

「は、はい」

「七月一五日に〝料理教室に申し込んだ。毎日おいしいご飯が作れるいい奥さんになりたい〟とありますが、申し込むにあたって、結婚のことを誰かに話しましたか？」

「え？　あ、あの、どういう……」

日記をそのまま読み上げられて耳まで赤くした様子を気にも留めずに、二階堂は言葉を続ける。

「たとえば申込用紙の『通うきっかけ』のところに書いたとか」

「あ、ああ、それ書きました」

二階堂は頷きながらメモをする。

「八月一日。〝朝礼後、お父さんがいた頃から会社を助けてくれていた井上《いのうえ》さんに結婚のことを話す。よかったねと泣いてくれて、すごくうれしかった〟とありますが、結婚することはこの方以外にも話されましたか？」

「あ……はい、父の代からいてくれた役員には……会社を畳むかどうかという相談もあったので」

「この井上さんという方や他の方にもお話はうかがえますか」

今まではずかしがっていた沙織が、急にうろたえだした。

「いえ、それは……。こうなっていることは、まだ誰にも話してないんです」

いずれわかってしまうこととはいえ、祝ってくれた人たちにこの状況を話すのはつらいだろう。協力してもらった方がベストにはちがいないが、沙織がつらくなるようなら無理強いはできない。

二階堂も同じように考えたのか、珍しくそれ以上踏み込むことはなかった。

「なるほど、わかりました。……ああ、昨日行ったレストランのことも書いてありますね。〝私の誕生日。夜景がきれいなレストランに入れたけど、となりで婚約パーティーをやっていたカップルがうるさいって、健ちゃんが怒って出てきちゃった。でも、幸せそうだった。あんな風に私たちも祝ってもらいたいなって言ったら、健ちゃんが『俺たちのときはもっと落ち着いたホテルのレストランで披露宴をやろう』って言ってくれて、すごくうれし……」

「ちょ、ちょっと先生！　さすがにもうやめてください！」

たまらず瑞穂が声を上げる。

「どうしました？」

悪びれる様子のない二階堂を、瑞穂は信じられないような気持ちで見た。この状況が本当にわからないのだろうか。

「〝どうしました？〟じゃありません！　女の子にとって日記はすごいプライベートなものなんです！　人に読まれるだけでもはずかしすぎるのに、音読するなんてどういう気持ちになるか想像つかないんですか⁉」

「……そういうものですか。それは気づかずに失礼しました。申し訳ない」

二階堂は本当に驚いたようにそう言うと、素直に頭を下げる。

「い、いえ。……先生がいろいろ考えてくださってるのはわかるので……気にしないでください」

沙織が助かった、ありがとうという顔で瑞穂にアイコンタクトをした。

「日記、ありがとうございました。結婚のことも書いてあったので、証拠のひとつになると思います。他の証拠と組み合わせることで強い証拠になる可能性もあります」

一時間ほど経ったところで、二階堂はそう言った。ほっとした顔になる沙織だったが、すぐに表情を引き締めた。

「先生。実は私、大阪にもう一度行ってみようと思ってるんです」

「まさかまた澤重に会いにいくの？」

そう訊ねる瑞穂に沙織は遠慮がちに頷いた。

「この前はなにも話せなかったけど、やっぱりちゃんと話した方がいいと思って」

「今さらなにを話すのよ？　まさか、まだ未練があるわけじゃないよね」

「それはない。もう現実を受け止めてるから」

沙織はあわてたように首を振る。

うまくはぐらかされるだけのような気がするが、行く意味はあるんだろうか。そう言おうとしたら、二階堂が口を挟んだ。

「弁護士としてはひとりで行かれることはお勧めしませんが、どうしても行くというなら、レコーダーを持っていってください」

「会話を録音しておくと、なにか証拠に使えることを言うかも知れないからですか？」

沙織が訊くと二階堂は頭を振った。

「〝言うかも知れない〟ではなく〝言わせる〟んです。こっちにとって、向こうが不利になることを」

「なるほど」

沙織は真剣な表情で二階堂の言葉をひと言も聞き漏らすまいと耳を傾ける。

「よそよそしい態度を取られたとしても、うまく会話を続けてください。コツとしては相手を怒らせて冷静さを失わせることです。感情的になれば相手は物を考えずに話しだす。五〇〇万を〝借りた〟もしくは〝婚約〟していたという言葉を引き出せれば上出来です。論理的に計算して……」

二階堂の人差し指がすっと上がり、空を指す。

「私の話し方次第ってことですね。わかりました。がんばってみます」

またお得意の勝率の話が始まりそうになったところで沙織が力強くそう答えた。完全に行く気になっている。先ほど〝ひとりで行くことはお勧めしない〟と言った二階堂だが、言葉とは裏腹に、瑞穂には行くのを勧めているようにしか聞こえなかった。

「ホントにできるの？」

前回、大阪で澤重に会ったときの沙織を思い出すと、とてもそんなことができるとは思えない。

「それをしなくちゃ行く意味がないでしょ」

沙織の中に強い覚悟が生まれたようだ。

「わかった。わたしも行くよ」

「でも、瑞穂は仕事を見つけなくちゃ……」

「ここまで来て、それはないでしょ。それに、この前は、なにも言い返せないで帰ってきちゃったから、今度こそはあいつになんか言いたいし。店に来る客全員に〝こいつは詐欺師だ！〟って言ってまわるくらいしてやらないと」

それまで黙ってふたりの会話を聞いていた二階堂の顔色が変わる。

「まちがってもそれだけはしないでください。そういった相手の社会的な評価を下げるような発言は『名誉毀損罪《めいよきそん》』や『威力業務妨害罪』という犯罪になったり、損害賠償を請求されたりする可能性が高くなりますから」

「そうだよ、瑞穂。そんなことしたら、こっちが訴えられちゃうじゃない」

呆れた顔をするふたりの前で、瑞穂は肩をすぼめて「ごめんなさい」と小声で謝った。

「でもありがとう。瑞穂が一緒に来てくれるなら、心強いよ」

沙織の笑顔に気を取り直す。今度こそ、憎き詐欺師を追い込んでやる。

「よく考えてみたら、お金を借りたとか婚約してたとか、どうやって言わせたらいいんだろう。あっちは詐欺師なのに。それに、怒らせるのって難しいよね」

翌日、大阪へ向かう新幹線の中で沙織がレコーダーを見つめながらため息混じりに言った。事務所では意気込んでいたが、いざ当日になると不安になったのかも知れない。

「怒らせるのは簡単だよ。あの店の内装、最悪とか、弁護士って言ってたけど、よく見ると頭悪そうな顔……とか、いくらでも言える」

瑞穂からすれば、そんな言葉は際限なく思いつきそうだったが、沙織にはまだ複雑な思いがあるのだろう。

「でも、お金を借りたとか婚約してたって言葉自体を引き出すのは難しいね。そういえば、今日こっちが会いにいくっていうのは伝えてあるんだよね。逃げられることはない？」

「約束したのに会わなかったら、向こうにとって不利でしょ。約束を取りつけたときの会話もちゃんと録音してあるから」

そのあたりは抜かりがないようだ。向こうに甘く見られているようで悔しいが、あの店が潰れでもしない限り、あの男がわざわざ行方をくらますことはない気がする。

もし、婚約不履行で訴えたら損害賠償で取れる金額は二〇〇万くらいだと言われた。沙織が貸した五〇〇万にも満たないどころか、この労力や精神的ショックをお金に換算したものを足したら、まったく割に合わない。でも、もうこれはお金ではなく、気持ちの問題だ。

澤重の店の前に着いたのは夕方五時前だった。地下へ下りる階段の入口に『準備中』の札が掛かっている。

営業を始めてからすでに半月ほど経過したようだが、二階堂の調べによると、わりとはやっていて週末には満席になることも多いらしい。

「店に入ってきてって言われてるから行こう」

沙織と一緒にデコボコの壁に挟まれた細い階段を降りる。薄暗い照明をたどって入っていくと、店内は思ったよりも広く、あちこちに散らばるようにテーブルが置かれていた。

奥のカウンター席に座っている男性が、こちらに振り返って挨拶してきた。

「いらっしゃい」

澤重はそう言って笑いかけてくる。この期《ご》に及んでなんて図々しい奴なのだろう。この笑顔は自分は絶対に尻尾を掴まれないという余裕の現れだろうか。

「まずはふたりで話してくる。瑞穂はここにいて」

沙織は瑞穂の手をぎゅっと握った後、澤重が座っている方へと歩いていった。

瑞穂はカウンターから少し離れたテーブル席に座った。なにかあって助けを求められても、ここならすぐに飛んでいける。

少しくらい話が聞こえてくるかと思ったが、ラップのようなＢＧＭの音量が大きすぎてなにも聞こえてこなかった。

「嘘つかないでよ！」

突然、大声が店内に響きわたる。

「人をバカにしてるの!?」

声はさらに大きくなる。澤重を怒らせるようなことを言う作戦だったのに、完全に逆になっている。

瑞穂は様子を窺おうとするが、テーブルの横にある観葉植物が邪魔で姿が見えない。近づいた方がいいのか、もう少し待っていた方がいいのか。迷っていると、信じられない言葉が耳に入ってきた。

「妄想もええ加減にせえや。あんたみたいな人をストーカー言うんやで」

耳を疑う。沙織がストーカー!? なにを言っているのだろう。たまらず立ち上がろうとした瞬間、入口のドアが音を立てて開いた。

「こんばんは」

そう言いながら気取った足取りで店に入ってきたのは、二階堂だった。

「誰や、あんた」

こっちに来るなんて聞いていない。沙織も驚いて唖然としている。

「そろそろ弁護士の出番かと思ったもので」

そう言って、二階堂はさらさらの髪を掻きあげた。

「弁護士？」

振り向いた澤重は眉を顰めて、警戒の色を見せる。

「はい。あなたとちがって本物の弁護士です」

二階堂はそう言いながら、瑞穂の前でコートを脱いだ。

「僕があっちへ行ったら、この位置から撮ってください。とにかく連写で」

コートを手渡される瞬間左手を握られ、「それくらいならあなたにもできますよね？」と耳元で囁かれた。突然近づいた距離にドキッとするが、そんな場合ではない。というか意味がわからないし、相変わらず失礼だ。が、二階堂は質問する隙も与えず、澤重の方へ行ってしまった。

と、とってください？

一瞬うろたえるが、左手に薄型のデジカメがあった。この位置から写真を撮れということらしい。澤重にバレないように、ということだろうか。

観葉植物の間からなら撮れそうだが、どのタイミングかが問題だ。

「ちょっと立ってもらえませんか」

カウンター席の前に立った二階堂は、座っている澤重に詰め寄った。そして、怪訝そうな顔で立ち上がった澤重の周りをぐるぐると回りはじめる。

なにをしているのか瑞穂にもさっぱりわからなかったが、とりあえずカメラの電源を入れ、連写する。あらかじめ消音モードにしてあったのか、音は出なかった。

「なんやねん、あんた」

いきなり現れた見知らぬ男が取りはじめた不可解な行動に、澤重が苛立つ。

「おい、なんやって訊いとるんじゃ！」

澤重が大声を上げたのと、二階堂が澤重の腕に触れたのはほぼ同時だった。

「弁護士かなんか知らんけど、あんたが先に手ぇ出したんやからな」

澤重は厭《いや》らしく笑いながらそう言うと、二階堂の胸ぐらを摑んでいきなり殴りつけた。

沙織が悲鳴を上げる。

あまりの迫力に、瑞穂も身動きひとつできずに、シャッターボタンを押したまま固まってしまった。カメラは連写をし続ける。

「おい！　戦うことに関してはプロじゃなかったのか！」

わけもわからないまま観葉植物の陰に隠れたままでいると、二階堂が大声で叫んだ。

「えっ？」

「なにがあっても逃げないんだろ！」

反射的に走りだしていた。そうだ、沙織のために戦うって決めたんだ。

まずは澤重と摑み合いになっている二階堂を助けようと駆け寄ると、澤重に左腕をすごい力で引っ張られた。

「お前、女の癖に邪魔すんのか⁉」

そのまま床に叩きつけられて、肘《ひじ》に激痛が走る。なんとか顔を上げると、今度は代わりに止めに入ろうとした沙織が弾き飛ばされようとしている。

許さない！　沙織に暴力をふるうなんて！

気づいたら、助走をつけて、澤重の胸元目がけてキックを放っていた。もちろん昔、沙織と練習した渾身《こんしん》のドロップキックだ。

だが、久しぶりだったせいか、いまいち決まりが悪い。澤重は反動で倒れたものの、すぐに起き上がってきた。

「このアマー」

大声を上げながら突進してくる。澤重は女に蹴りを入れられたことで頭に血が上っているようで、完全に自制心を失っている。

なんとか身を翻して避けたものの、逃げてばかりではどうにもならない。合気道の極意には反するが、沙織を傷つけた詐欺男を完膚《かんぷ》なきまでに打ちのめしてやらないと気が済まない。

澤重は瑞穂を捕まえようと必死に追いかけてくる。次もドロップキックにしよう。走ってきたところをカウンターで決めればいい。

腹を決めて振り返らずに澤重がこっちに走ってくるのを待った。

今だ！　そう思って飛び上がった瞬間、二階堂が絶妙なタイミングで突き出した椅子の脚で、派手に転ぶ澤重が目に入った。

突然の展開にバランスを崩して床に倒れ込むと、二階堂が目の前で、瞬時に澤重の腕を押さえつけた。顔を打ったのか、額から血を出してうめき声をあげながらも立ち上がろうともがく澤重を、二階堂は今まで見たこともないほどの鋭い視線で睨みつける。

「……逃げられると思ったんですか。訴えられても勝てるだろうと。いや、加瀬さんなら訴えないと思ったんでしょうか」

「…………」

澤重は黙って二階堂に鋭い視線を向ける。

「僕は、あなたのように法律を盾に人の心を弄ぶ奴が一番許せない。あなたは真剣に人を愛そうとする者をもっとも汚い方法で貶《おとし》めたんです。愛そうとする者だけじゃなく、愛される者の幸せも踏みにじった。愛というこの世で一番尊いものを侮辱した」

愛？　二階堂の別人のような言動に瑞穂は沙織と共に呆気にとられる。表情に先ほどまでのクールさは欠片もない。

が、声を荒らげるでもなく、静かな口調の中に込められた二階堂の怒りは迫力があった。その気迫に、腕を押さえられた澤重は上体を起こしたまま、抵抗する様子はないようだ。

「おしまいか？　もっとやらんかい！」

突然のヤジに我に返る。声のした方を向くと、店の入口に人だかりができていた。澤重があわてた様子で、足を引きずりながらそちらへ行くのが見える。

「大丈夫？」

沙織が泣きそうな顔で瑞穂に駆け寄ってきた。

「うん、大丈夫大丈夫！　……痛っ」

立ち上がろうとすると、左足に鈍い痛みが走る。

「その様子だと、捻挫《ねんざ》は確実ですね」

瑞穂の足元をちらっと見てそう言うと、二階堂はテーブル席の方へ歩いていく。足を擦りながらその方向へ目をやると、瑞穂が隠れていた席でデジカメの画像をチェックしていた。

「よし！　論理的に計算して……勝率八〇パーセントだ」

二階堂のうれしそうな声が、痛みに耐える瑞穂の耳に届いた。


帰りの新幹線は二階堂とふたりだった。沙織は病院まで付き添ってくれたが、レントゲンの結果、骨に異常がないとわかると安心したらしく、急いで帰っていった。明日の朝イチで取引先との打合せがあるらしい。

やっぱり会社をもうしばらくがんばって続けてみる、と沙織はすっきりしたような顔で言っていた。

「……それより、どうして前もって言ってくれなかったんですか」

さっきから二階堂に同じようなことを訊いている。

無心で新幹線の車内限定チョコレートアイスを食べる二階堂の左手には、すでに完食したアイスキャンディーのスティックが一本握られていた。

「同じ質問ばかりしていないで、早く食べたらどうですか。食べないなら僕がもらっても……」

瑞穂は、仕方なくアイスを口に運ぶ。「最近のアイスは侮れないな」とぼそぼそと呟きながらアイスをうれしそうに頬張る二階堂の姿を見ると、怒る気も失せてくる。

「それにしてもこの写真、よく撮れてますね。僕の動きも的確でした」

二階堂が見ているのは、瑞穂が病院で捻挫の治療を受けている間にコンビニでプリントアウトしてきたデジカメの写真だ。

「たしかに、澤重の顔もちゃんと写っていますけど、横顔ですよね。正面の方がよかったんじゃないですか？」

むくれて答える瑞穂の顔の前に、二階堂がすっともう一枚の写真を差し出した。

「これと同じ角度の写真がほしかったんです。顔はわからなくても、横から見たときの鼻の形が特徴的だ。あと、耳の形も。くらべれば同一人物であることは一目瞭然です」

写真には、少し暗めのレストランで沙織と向かい合って座る澤重が写っていた。

「え？　もしかしてこれって……」

「加瀬さんが誕生日に澤重と行ったレストランで撮影された写真です」

「でも、どうやって手に入れたんですか？　防犯カメラだって見せてもらえなかったのに」

「今は、なんでもかんでもSNSにアップされる時代ですから、日付と場所さえわかっていれば探すのは簡単でした。レコーダー作戦は失敗しましたが、これで日記の裏付けができ、ふたりが付き合っていたことの強い証拠になります」

二階堂はアイスの最後のひと口を食べ終えて、ふっと息をついた。

「日記の裏付け？」

「この前も説明したように、日記は、基本的には個人の主観を書いているに過ぎないが、他に証拠がない場合には、客観的な裏付けがあれば信用性は高まります。つまり、裁判で証拠として提出できます」

「信用性？」

「そうです。加瀬さんと澤重がこのお店で一緒にいたことを写真で証明できれば、誕生日に加瀬さんが日記に書いた内容が真実だと言えます。そうすると、加瀬さんの日記に書いてあった内容全体の信用性が一気に高まります。お金をどのくらい回収できるかの問題は残りますが。とはいっても、もう計画どおり進んでいますから、おそらく澤重は金を払うことになるでしょう。もう勝ったも同然です。勝率は四〇パーセントから論理的に計算して八〇パーセントへ一気に上がりました」

我ながらいい仕事をしたとでも言いたそうに、宙になにかを書きながら二階堂は自信ありげに頷いた。どうやら最後に大きく円を描いたようだが、なにをしているのか瑞穂にはさっぱりわからない。

満足げな二階堂に、急に腹が立ってくる。

「そういうことは最初に言ってください。ちゃんと説明してくれればもっとちゃんと撮ったのに」

「だから撮る場所も指示しましたよね」

「そうじゃなくて。理由とかそういうのです」

「あの場で説明するのは難しい。あそこから撮り続ければ、いくらあなたでも、そのうち同じ角度の写真が撮れるだろうと思っていました」

いくらあなたでも？

言い返そうとした瑞穂はハッとした。

「……あ！　だから澤重の周りを回っていたんですか」

「やっと気づいたんですか。でなければ、なんのために回る必要があるというのです？」

「イライラさせて暴力を振るわせようとしているのかと」

「僕の武器は法律です。暴力に頼ったり、促す気は毛頭ありません」

もっともらしく語る二階堂を見ながら、ふと気づく。

「あれ？　でも先に手を出したのは先生ですよね」

「いや、あれは腕を触っただけですからまったく問題ありません。刑法上の『暴行』とは『人の身体に向けた有形力の行使』のことです。触れただけでは有形力の行使とは言えない。暴行罪で訴えられたとしても論理的に計算して……」

「も、もういいです」

話の内容がどんどん専門的になっていくので、瑞穂は話を変えた。

「ここまで来れば、あとはスムーズにいきそうですか？」

「そうですね。あれだけ観客がいたのですから、証拠も十分でしょう」

「これからどうするんですか？　裁判するんですか？」

テレビで見たことのあるような裁判シーンを思い浮かべて、不謹慎にも瑞穂はわくわくしてくる。

「いや、裁判にはしません」

「え？　裁判をしないと、お金を取れないんじゃ……」

二階堂は「そこを説明していませんでしたね」と呟きながら、腕を組んで真面目な顔で話し出す。

「たしかにそういうケースもありますが、今回の場合はすぐに澤重と交渉を始めます」

「交渉？」

「はい。先々のことを考えてもその方がいいでしょう。おそらく状況的に、あっちも弁護士を立てるでしょうから」

「あんな奴を弁護する人間なんているんですか？」

「います。というか、それが弁護士の仕事です」

「それって、よくドラマで見るような悪徳弁護士みたいな人のことですか？」

「悪徳？　いや、そうとは限りません。大手の事務所にいれば、上からの指示でそういう弁護をしなければいけないときもあります」

「……そうなんですか」

「これは刑事事件の話になりますが、そもそもどんな人間でも弁護士は立てられます。憲法で保障されていますから」

　憲法……なんだか別世界の話だ。高校の授業で聞いて以来の言葉で、あまりよくわからない。

「……不思議ですよね。テレビでひどい罪を犯した人の弁護士が会見しているのを見ると、そんな人のことをどうして守れるんだろうって思ってました。人として許せないとか思わないのかなって」

「それは素直な感情でしょう。でも、今回の澤重やテレビで騒がれるような凶悪犯も、ひとりの人間で、人としての権利はあるんです。その権利を守るのも弁護士の役割です……」

　二階堂は流れていく景色を見つめながらそう言った。なにかを思い出すような表情に「どうしたんですか？」と聞こうとしたが、触れてはいけないことのような気がして言葉が出なかった。

「話が逸れましたね」

　さっきの表情が嘘のように普段どおりクールな表情に戻った二階堂が冷静に言う。

「そ、そうでした。えっと……交渉、でしたっけ？」

「そう、交渉です。まずは、貸した分の五〇〇万の請求と、婚約不履行による損害賠償の二〇〇万を合わせて、七〇〇万を請求します」

「七〇〇万！　それなら貸したお金と慰謝料が取り戻せますね！」

「残念ながらそうではありません。借用書がない以上、詐欺の証明ができないことに変わりはないのですから、五〇〇万円は取れないと思ってください」

「そっか……そうですよね」

「ただ、さっきの写真がある以上、確実に二〇〇万円を取る方向に持っていきます。そうするための七〇〇万の請求です。最初から二〇〇万円を請求したらおそらく取り返すことは不可能でしょう。ですが、ふたつの案件があって、ひとつを取り下げるから、ひとつを支払えという方向に持っていけば……」

「えっ？　あ、そうか、相手からすれば、七〇〇万が二〇〇万に減ったように感じるから、ラッキーって思うかも」

「そのとおりです。加瀬さんは僕が弁護するのでツイてますよ。普通の弁護士であれば、損害賠償は貸した分、五〇〇万で請求すると思いますからね。でもそれだと、なかなか相手方は交渉に応じない。この交渉は、各案件の請求額に差をつくることで、相手の心がぐらつきやすくなるようにしています」

「な、なるほど」

瑞穂は二階堂の戦略に内心舌を巻いた。

「同額では交渉が決裂して裁判になる可能性が高い。そうなると、数年掛かることもあるかも知れません。こういう場合には、いかに迅速に、できるだけ多くの金額を回収するかがポイントになるのです」

「すごい……心理戦なんですね」

途中の自信過剰な二階堂の発言を差し引いても、二階堂はやはり伊達《だて》に弁護士をやっているわけではない。ホームページにあったように優秀な弁護士なのだ。

「痛っ」

話を聞きながらアイスのスティックを片付けようとした瑞穂の足に痛みが走った。

「大丈夫ですか？　まあ、足の捻挫は残念ながら自業自得《じごうじとく》としか言えませんが」

「え!?　助けを求めたのは先生じゃないですか！」

二階堂を助けるために怪我をしたというのに、その言い分はあまりにもひどい。

「あれは大人数の方が澤重を取り押さえやすいと思っただけで、僕は暴力を振るえとは言っていません」

「えー、そんなあ」

「帰ったらきちんと冷やして安静にすることですね。だから言ったではありませんか、〝短気は物事を煩わしいものに変える〟と」

心配してくれるどころか、また説教されるなんておかしいと思い瑞穂は唇を尖《とが》らせた。

「でもあんなに見てる人がいたなら、誰か助けてくれてもいいのに」

「動画を撮っていた人たちのことですか」

「動画？」

「入口にいた客がスマホで動画を撮っていました。最近はなにかあれば動画を撮って投稿しますから。こちらとしては証拠集めに役立ちます」

「え､撮られてたんですか!?　困ります！　あんなのがネットに出回ったら就活に支障が」

「大丈夫ですよ。きっと未払い分の給料が入りますから、生活はなんとかなるでしょう」

「いえ、お金のことだけじゃなくて、顔だって写っているかも知れないのに……」

「あの距離と明るさなら、そこまではっきりは撮れていないはずです」

そういう問題ではない。やはり二階堂には女性の気持ちがまったくわからないのだ。瑞穂はこれ以上この話をしても会話が嚙み合わないだろうことに気づき諦めた。

「……っていうか、あんな店、さっさと潰れちゃえばいいのに」

瑞穂は窓の外を見ながら、ぼそりと本音を呟く。

「一概にそうとも言えません」

二階堂はおもむろにカバンから板チョコを取り出すと、そのままかぶりつき、すぐさま否定した。

「どうしてですか？」

「お金を回収することを考えたら、お店は繁盛した方がいいです。しっかり払ってもらわないといけませんから、それには元手がないと。それにあの野次馬には澤重自ら『これはプロレスショーです』と説明してまわっていたようですから、その話を聞いた連中がおもしろがってやって来て、逆に店は繁盛するかも知れない」

腑《ふ》に落ちないという顔でふて腐れる瑞穂に冷ややかな視線を浴びせながら二階堂は続けた。

「その方が結果的に被害者を守ることにもつながります」

「被害者を守る？　どういうことですか？」

みるみるうちになくなっていくチョコレートの最後のひと欠片を口に放り込むと、そのままもぐもぐと咀嚼《そしゃく》しながら二階堂は話し続ける。

「なぜわからないのですか。たとえば、このまま澤重の店が潰れたとします。澤重はお金を払わなければいけないのに、店が潰れたら首が回らなくなりますね。そうすると、その恨みが加瀬さんに向かう可能性が出てきます。実際そういう逆恨みが他の事件につながっていく」

「なるほど」

たしかにそうかも知れない。

「だから損害賠償を勝ち取った後も、澤重がきちんと店を回せるくらいの方が、結果的にはお互いにとっていいということになる。そのために野次馬が来るよう『準備中』の札を引っくり返しておきました。動画も撮られていましたからサイトにアップされればこちら側はさらに有利になります。……弁護士は目先の感情で行動するより、長い目で見て無駄な憎しみを生まないような結果に持っていくことが必要な場合もあります」

「……先生って、すごいですね」

そこまで考えていたのかと瑞穂は驚きの目で二階堂を見つめる。今までの失礼な発言を帳消しにしてもいいくらいだ。

「もちろん、依頼主にメリット、デメリットを説明した上で、依頼主本人の意向を確認することを忘れてはいけません。裁判は弁護士の自己満足の道具ではないですから」

瑞穂には目の前の二階堂が今まで事務所で相談に乗ってもらっていた人と同一人物には思えなかった。それくらい、意外性があった。

「弁護士さんって頭がいいんですね」

瑞穂がしみじみ言うと、二階堂は瑞穂の方へ向き直り、真剣な表情で口を開いた。

「いいですか、頭のよし悪《あ》しなんてそれほど大事ではありません。多くの人は、自分の頭がよくないと言いますが、それは努力不足の言い訳をしているに過ぎません。一番大事なのは、情熱を維持できる力だと僕は思います」

そう言い切ると、二階堂は前を向いたまま無言でカバンからチョコレートをもう一枚取り出し、またかぶりつく。

いったい何枚チョコレートを持っているのだろうか。もはやスイーツ好きの域を超えているように思えるが、我関せずといった雰囲気でチョコレートに口をつける横顔はどこかセクシーで色気すら感じる。

「ただ、今回は僕よりもむしろあなたの方がすごかったかも知れません」

すっかり見惚れていた瑞穂は褒められた理由がわからず首を傾げる。

「加瀬さんが訴えようと思ったのは、あなたが説得したからです。そもそも、そこがなければこの案件は動かなかった」

「……先生、知ってたんですか」

当然だというような顔で、二階堂はぺろりとチョコレートを平らげた。

「全部お見通しなんですね」

「事実と証拠から、あらゆる可能性を考えて対処するのが弁護士の仕事ですから」

「……それにしても」と瑞穂はまだズキズキと痛む足を見つめた。

「これじゃ、しばらく就活はお休みだな」

といっても、沙織のことがあってから、就活どころではなかったが。履歴書を書き続けるのにも少し疲れてきていたし、ちょっとくらい休んでもいいのかも知れない。

「怪我のことですが、もしあなたがうちの従業員だったら、労災の対象になったかも知れません」

「え？」

そう言った二階堂は急になにかを思いついたような顔になる。

「そうか。うちで働けばいい」

「はい？」

「お茶を出せと言われたときから、やはり事務員が必要だと考えていたんです」

「いえ、待ってください」

「お茶を出してもらったり、書類を整理してもらったり、暇な事務所ですが、一応仕事はあります」

「そういう意味ではなくて、法律のことは全然わからないですし……」

それに、こんな人の気持ちのわからない男のもとで働くなんて自分には無理だ。

「法律のことがわからなくても構いません。一部の法律事務所では、大学生を雇って手伝わせることもありますから、あなたにできないことはないと思いますが。まだ内定も取れていないんですよね？」

デリカシーの欠片もない言葉にまた苛立つ瑞穂だが、たしかにせっかく決まった面接もキャンセルしてしまったし、仕事の目処《めど》もついていない。

「…………」

見下されたような発言になにか言い返さなければと言葉を探していると、二階堂は容赦なく追い打ちを掛けてきた。

「それに、ボディガード代わりにちょうどいい」

「……！」

たしかに腕力に少し自信はあるが、これでも女子だ。いくらなんでも男性のボディガードというのはひどすぎるのではないか。

「あの」

「手続きなどは、次に事務所で会ったときでいいですから」

瑞穂が了承してもいないのに、勝手にそう決めると二階堂は座席を倒し、腕を組んだまま目を閉じた。

「まだ、いいって言ってないんですけど……」

ぼそぼそと呟きながら、改めて二階堂の顔を見る。今の今まで起きていたのに、もう寝息を立てていた。

目を閉じていてもわかる整った目鼻立ちに、女の子よりもすべすべしたきれいな肌。無意識のうちに腰を上げて顔を近づけていた。が、踏ん張った足に痛みが走り、ハッと我に返った。

「……いけない、いけない」

火照《ほて》った頰を右手で押さえながら座席に座り直す。イケメンを見るとつい触りたくなる癖が出てしまうところだった。

新幹線の簡易テーブルの上に散乱するチョコレートの包み紙を片付けながら、再び二階堂の方へ目を遣る。

起きていると、変わっているし失礼だし小難しい話ばかりしているのに、寝顔はちょっとあどけない。可愛い、そう思い、くすっと笑った。そして、窓の横に無造作に引っ掛けてあった上着を二階堂にそっと掛けると、瑞穂も目を閉じた。

第二条
弟が殺人未遂？

日比谷公園の銀杏《いちょう》がいつの間にか色づきはじめた。周りを見わたすと、銀杏並木を見上げながらのんびり歩く人もいれば、ランニングやウオーキングを楽しむ人もいる。

「銀杏もこうやって改めて見るときれいですね」

「そんなに上ばかり見て歩いていると転ぶぞ」

せっかく、ちょっとしたデート気分で歩いていたのに素っ気ない返事にがっかりする。

瑞穂のとなりを歩いているのは、この秋から瑞穂の上司となった二階堂法律事務所の代表弁護士、二階堂秀人だ。代表といっても事務所に弁護士はひとりしかいないのだが……。

今日は弁護士会館で書類をもらうための手続きを教わって、今はその帰り道だ。こういう雑用も今までは二階堂がひとりでこなしていたが、これからは瑞穂の仕事になる。

「それにしてもいいお天気ですね。こんなに暖かいと、ベンチに座ってお弁当でも食べたくなっちゃいますね」

瑞穂が妄想を膨らませながらニコニコして言うと、二階堂は立ち止まり、歩いてきた道の方を指差した。

「弁当ならあそこで売っていた」

「じゃあわたし、買ってきます！」

公園でふたりでランチなんてデートみたいだと、上擦った声で答えながら二階堂を振り返ると、すでに目の前にはおらず、ひとりで歩き出していた。

「え、先生？」

「先に帰っているから君はゆっくり弁当を食べて帰ってくればいい。僕は事務所の冷蔵庫に入れてきたマカロンを早く食べたい」

相変わらず、鈍感というか、女心がわからない人だ。ムッとして返事をしないでいると、野良猫が歩いているのが目に入った。白に黒と茶のブチがある可愛い三毛猫だ。

「あっ」

その声に二階堂が「どうした？」と振り返る。

「いえ、今朝のニュースを思い出して……。この公園で怪我をした野良猫がたくさん見つかってるらしいんです」

「動物愛護法第四四条では、愛護動物をみだりに殺し、又は傷つけた者は、二年以下の懲役又は二〇〇万円以下の罰金に処する」

訊いてもいないのに、二階堂が抑揚のない声で言った。

「これがもしペットだった場合は、他人の所有物になるから、器物損壊《そんかい》罪も加わる可能性が高い」

二階堂はそれだけ言うと、すたすた行ってしまった。

「器物って……ペットはモノじゃないのに」

沙織が騙された詐欺男を怒鳴ったときは、愛だのなんだのと語っていたのに、普段は本当にクールだ。初めて会ってから三ヶ月経った今となってはすっかり慣れてしまったが。

時計を見ると、正午になろうとしている。ひとりで弁当を食べても……と思ったところではたと思い出し、バッグを探る。就職祝いにと、きれいなピンク色の革に惹かれて自分で買ったお気に入りのバッグだ。事務所の書類もすっぽり入る。

「あった」

バッグから取り出した紙には、『二階堂法律事務所があなたの力になります。初回相談は無料』という大きなキャッチコピーが躍っている。その下には事務所の住所や電話番号、メールアドレスなど連絡先が印刷されている。昨夜、瑞穂が家のパソコンで作った自作のチラシだ。

こんなものをわざわざ作ったのには理由がある。二階堂法律事務所には驚くほど仕事がないのだ。二階堂が今担当している仕事は、以前いた事務所でやっていた続きの仕事か、知り合いから紹介されたものくらいで、新しい依頼がない。

二階堂によると、最近の弁護士業界は新しい司法試験制度ができた影響もあり、一気に弁護士が増えて皆なかなか仕事がないという。

昔は弁護士一年目で年収七、八〇〇万という時代もあったが、今の新人弁護士の中には年収二五〇万程度という人もいると、二階堂はリアルすぎる数字を先日教えてくれた。苦労して弁護士になっても普通の社会人一年目と変わらないどころか、それより低いと嘆きながら。

しかし、瑞穂から見れば二階堂にも原因があるように思えた。いつも事務所にいて、とくに営業に出かけるわけでもない。「外回りの営業はしないいんですか？」と訊いてみたら、

「弁護士はそんなことはしない」と軽くあしらわれた。

かといって、座っているだけでは仕事は来ない。

「生活に役立つ法律知識を書くブログを始めたらどうですか？　それを見て、来てくれる人もいるかも知れませんよ」

そう勧めたこともあったが、「そんなものは面倒だ」と一蹴された。そもそも事務所のホームページも、独立したときに知り合いに作ってもらっただけで、更新は一切していない。今時こんなことでいいのだろうか。

せっかく今日、弁護士会館で書類をもらう方法を教わったのに、仕事がなければ意味がない。今のところ給料はもらえているが、このまま今の状態が続くと先行きが不安で仕方がない。それでチラシ制作を思いついたのだ。

せっかくだから、今配ってしまおうか。二階堂に見せてからにするつもりだったが、ものは試しだ。そう思って配りはじめたのだが……。

公園の入口に立って早一時間。受け取ってくれる人はひとりもおらず、心が折れそうになっていた。

ポケットティッシュでも付いていれば受け取ってもらえるのかも知れないが、なにもないとこうも世間は冷たいのか、と悲しくなる。いや、受け取ってくれないのは「二階堂法律事務所です」と言いながら配っているからかも知れない。

世間の大多数の人は、法律事務所なんて自分には関係ないと思っているはずだ。なにか事件にでも巻き込まれない限りは。現に瑞穂も、沙織のことがなければそうだった。

「ちょっとお姉さん」

そろそろ終わりにして戻ろうと思ったとき、背後から突然、声がした。振り向くと、色黒で小柄な男性が立っていた。お世辞にもきれいな格好をしているとは言えない上に、気難しそうな顔をしている。なにか文句でも言われるのかと思って身構えたが、見当ちがいだった。

「おたく、借金整理もやってる？」

一瞬なにを言っているのかわからなかったが、男は瑞穂が手に持っているチラシを指差している。

「借金……整理？」

「あんた、弁護士じゃないのか？」

「わたしはただの事務員なので……よかったら、事務所までご案内します！」

「そうか……頼むよ」

黙って歩くのも気まずいと思い、銀座までの一五分ほどの道すがら、当たり障《さわ》りのない質問をいくつかしてみる。が、聞こえていないのか無視しているのか、男は一度も返事をしなかった。

チラシ配りで疲れたのもあって、結局ほぼ無言のまま事務所への道を急いだ。

「おい、あれはなんだ」

せっかくお客さんを連れてきたというのに、事務所に着いて、お茶を出そうとする瑞穂の横へつかつかと歩いてきた二階堂から開口一番、思ってもいない言葉を浴びせられた。

「しっ！　先生、聞こえますよ」

褒めてはもらえなくても、仕事に対する熱意があることくらいは認めてくれるのではないかと思っていたが、話はそう単純ではなかった。

二階堂が言うには、チラシを配るという行為は、内容と方法によっては弁護士法の広告規程に違反する可能性があるらしい。

そんなことまで決められているのか。それでは一般人が弁護士の仕事など知りようもない。だから皆、弁護士に相談しにいこうという発想にならず、依頼が増えないのではないかと反論しようとすると、「弁護士の品位や信用を損なう恐れが……」と二階堂はまたお得意の難解な説明を始めようとした。

あわてて瑞穂は「お茶を出してきます」と言って、なんとか応接スペースへ逃げ出す。

先ほどの男性は見たところ五〇代半ばだろうか。いや、額と眉間に深く刻まれた皺《しわ》からすると、もっと上かも知れない。男は出されたお茶を一気に飲み干すと、肩にかけていたボロボロに擦り切れた布袋の中から、コンビニ弁当を取り出した。同じ弁当がいくつか袋の中に見えたので、コンビニの廃棄分をもらったのかも知れない。

「お茶、入れ替えてきます」

流し場に向かおうとすると、衝立の隙間からソファに座っている男性を見ながら眉を顰めている二階堂と目が合った。男にバレないよう目配せすると、観念したようにこちらへ歩いてくる。

「整理したいという借金は、どのくらいあるんでしょうか」

二階堂が正面に座り単刀直入に訊ねると、一瞬、男は大きく目を見開いた。が、すぐに何事もなかったように弁当のおかずを口に入れ、箸を持っていない方の手で指を三本立てた。

「三〇万ですか」

二階堂が言うと、「そんなわけねーだろ、三〇〇だ」と怒ったように言った。男は島田《しまだ》光男《みつお》と名乗り、瑞穂の予想に反して年齢は四八歳だという。

「差し支えなければ、使い道を」

「ギャンブル」

島田は間髪を容れず答える。複数の知り合いから借りていたものが積もり積もってその金額になり、そのうちのひとりからしつこく返済を迫られて困っているとのことだった。

「破産ってのをしてえんだけど、手続きがわかんなくてさ。それ頼むくらいなら、大した料金かからねえだろ」

言葉に少し訛《なま》りがあるので、東京の人ではないようだ。

「お姉ちゃん、お茶のお代わりある？」

二階堂の横で依頼内容をノートに書き込んでいた瑞穂が立ち上がろうとすると、二階堂が手で制した。

「島田さん。失礼ですが、以前も同じようなことをしたのではありませんか」

島田はかまぼこを箸でつまみながら、ちらっと目を上げた。

「ああ」

「どのくらい前ですか」

「八年前。だから問題ねえだろ」

「法律のことをよくわかっていらっしゃるようですね」

島田がかまぼこを口に運ぶ箸を止めて二階堂を鋭い目で見た。

「なんだよ。なんか文句があるのか？」

口元が歪み、喧嘩を売るような口調になる。

「文句ではありませんが、借りた物は返すという常識をご存知かなと思いまして」

島田が持っていた箸をテーブルに叩きつけた。

「あんた、俺に説教するつもりか。こっちは客だぞ」

二階堂はなにも言い返さず、黙って見ている。島田がチッと舌打ちをして立ち上がった。

「誰がお前なんかに仕事を頼むかよ」

そう捨て台詞を吐くと、食べかけのお弁当と床に転がった割り箸を拾って布のバッグに入れ、事務所を出て行った。ドアが閉まるのを確認すると、二階堂が大きくため息をつく。

「キャッチセールスをするなら、もっとマシな客を連れてこい」

そう言って自分の席へ戻っていく。瑞穂はしゅんとしながらも口を開いた。

「あの……破産って何度もできるものなんですか？」

「厳密には破産ではなく、免責という手続きから、七年を過ぎていれば可能だ」

「じゃあ、島田さんはできるってことですよね」

依頼を受ければ、久しぶりの仕事になったはずなのに、どうして二階堂は受けなかったのだろう。

「知ってたんだろう。最初から返すつもりなんてないのに借りた。ああいうのは、破産目的で金を借りる詐欺野郎だ。僕たち法律家は、目の前の法律問題だけをただ解決すればいいわけじゃない。それに僕は、金のためになんでもかんでも依頼を受けることはしない」

二階堂はそう言って、読みかけの本に目を落とした。

最近、薄々気づいていたのだが、どうやら二階堂にはなにか仕事を受ける基準のようなものがあるようだった。これまでも相談に来るお客さんがいないわけではなかったが、話を聞いて簡単なアドバイスをしただけで仕事にしないこともあれば、険悪なムードになって、それきりになった人もいた。

思い返せば、初めて会ったときも見ず知らずの瑞穂たちにアドバイスをしただけで依頼を強く勧めることもなく颯爽《さっそう》と帰っていった。後に頼んだときにはすんなり依頼を引き受けてくれたが。

瑞穂には受ける依頼と受けない依頼のちがいはまだわからなかったが、今の二階堂の言葉どおり、お金のためというよりは、二階堂なりになにか思いがあって仕事をしているのだということは悟りつつあった。

その日も仕事は定時に終わり、瑞穂はいつもどおり、スーパーで夕飯の買い物をして帰宅した。

「頼まれてもいないのにチラシ配りなんてよくやるね。ちゃんとお給料もらえてるんだったら、なにもしなくていいじゃん」

今日あったことを話すと、桜良が大根おろしに醤油《しょうゆ》をかけながら知ったような口を利く。夕飯にはタイムセールで安くなっていたサンマを焼いたのだ。

「今はもらえてても仕事がなかったら、そのうちもらえなくなっちゃうでしょ」

こっちはその苦労を身をもって経験したばかりだ。せっかく見つけた働き口をまた失うのは御免だった。

「だったら、このおじさんみたいにテレビに出た方が手っ取り早いんじゃない？　お姉ちゃんのところの弁護士さんってイケメンなんでしょ」

テレビには情報番組でコメンテーターを務めるお馴染みの弁護士が映っていた。最近はテレビで顔を見ない日がないくらい、よく出ている。

「このおじさん、マダムにすっごい人気があって、追っかけまでいるらしいよ」

桜良は信じられないという顔で言ったが、一応おじさんの中ではイケてる部類に入るのだろう。外見だけなら、とても弁護士には見えない。

緩くパーマがかかったロン毛は写真で見た若い頃の父みたいな雰囲気がある。さわやかな雰囲気も手伝って、『ナイスミドル』という言葉がぴったりの男性だった。

「あれ、お姉ちゃんが働いてる事務所も二階堂じゃなかったっけ？」

「そうだよ」

答えてから、この人も同じ二階堂だと気づいた。

「でも、同じ二階堂でも、うちの先生はテレビなんて絶対、無理だから」

「どうして？」

「この人みたいに愛想よくないもん。愛嬌もないし、ひと言多いし、サービス精神に欠けてるから、気の利いたコメントもできなさそうだし」

「えー！　じゃあ逆にそれを出したキャラだったらウケるかもよ、イケメンなのに毒舌弁護士とかさ」

たしかにそれなら二階堂でもできる気がしたが、お茶の間の嫌われ者にでもなったら、ますます仕事が来なくなってしまう。


事件を知ったのは、翌朝だった。

朝食を摂りながらテレビを見ていた桜良が「この人、お姉ちゃんのタイプでしょ」と言ってきた。出かける間際で急いでいても、そう言われると気になって見てしまう。

テレビに映った星川隼人《ほしかわはやと》という金髪男はたしかに整った顔をしていて、瑞穂の好みではあったが、殺人未遂で逮捕されたという犯罪者だった。しかも、公園で寝ているホームレスを刃物で襲ったというのだからタチが悪い。

「ちょっと桜良、勘弁してよ。いくらわたしだってさ」

あれ？　映し出された写真をもう一度見る。この人どこかで見たことがあるような……。

「どうして、こんないい顔してるのに犯罪者になっちゃうのかな。アイドルでも全然いけるのに」

瑞穂の話なんて全然聞く様子もなく桜良が話し続ける。

「アイドルっていうより、ビジュアル系にいそうな感じかなー」

桜良の言葉を聞き流しながら思い出そうとするが、こんな殺人未遂事件を起こしそうな知り合いに心当たりはない。そう思った瞬間、画面が変わり、今度は暴行されて重傷を負ったというホームレスの顔が映し出された。

「あーっ！　この人……」

「どうしたの？」

この写真の方が若く見えるが、名前も同じだからまちがいない。テレビに映っていたのは昨日、瑞穂が二階堂法律事務所に連れていった島田光男だった。

事務所へ行くと、すでに二階堂は自分の席でパソコンに向かっていた。左手にはひと口羊羹《ようかん》が握られている。

「先生、ニュース見ましたか？　昨日の人……」

着くなり訊ねると、低い声で「ああ」と返事がある。

いくら破産目的の詐欺野郎だとしても、相談をしにきた相手がその日のうちに暴行に遭ったのだから、気持ちのいいものではないだろう。しかも、借金の返済を迫られた際にやられたという話だった。

「逮捕された男はサラ金の取り立てでしょうか」

「いや、最近は闇金の取り立てでも、ここまで手荒なことはしない。それに昨日、金を借りたのは〝知り合い〟だと言っていた」

そういえばそうだった。あんな短いやりとりだけでも、しっかり覚えているその記憶力には感心する。

「じゃあ、この星川隼人っていう人がお金を？」

まだ若いし、貸すほどお金を持っているようにも見えない。

「いや、頼まれて返済の催促をしていただけのようだ」

昨日のような島田の態度にカッとなって、暴行したんだろうか？

偶然、目撃者の少年がいて、公園をパトロール中だった警官に通報したという。

「警官がいたのは、なにか事件があったからなんですか？」

「最近あの公園で虐待されて怪我をした猫が立て続けに見つかったというニュースがあっ

ただろう」

「あ、公園って日比谷公園だったんですか」

「ニュース見たんじゃないのか？」

「いえ、出かける直前で急いでて……。まさか、それもこの人がやったわけじゃ」

二階堂はそれには答えず、なにかを考えるような暗い顔をしていた。相当、責任を感じているのかも知れない。

「仕方ないですよ。昨日の時点ではそんなに切羽詰まった様子でもなかったですし、先生が責任を感じることはないと思います」

そう言うと、二階堂は瑞穂の方を見て顔を顰《しか》める。

「どうして僕が責任を感じなければいけない」

「えっ」

「昨日も言っただろう。あいつは破産目的で金を借りる詐欺野郎だと。なにが起こっても自業自得だ」

二階堂はきっぱり言い切った。そこまで言わなくてもという気もするが、それならなぜ暗い顔をしているのだろうか。疑問に思っていると、二階堂が羊羹の残りを口に放り込み、急に立ち上がった。

「これから会いにいく」

「え、誰にですか？」

「島田に決まっているだろう」

　責任を感じてるわけでもないのに、どうしてだろう。不思議に思いながら、コートを手にドアへと向かう二階堂の後を追った。

「お帰りは何時頃ですか」

「なにを言ってる。君がキャッチセールスしてきた相手だろう」

　ついてこいということらしい。瑞穂は机の上に置いたままにしていた荷物を急いで取り、戸締まりをして二階堂の後を追った。


　島田が入院していたのは、救急病院に指定されている都内の小さな個人病院だった。どうして病院がわかったのかと二階堂に訊くと、「調べたからだ」と素っ気ない答えが返ってきた。責任を感じているわけでもないのに、どうしてわざわざそこまでするのだろうか。謎が謎を呼ぶばかりだ。

　重傷とニュースで言っていたので面会できるか心配だったが、受付で弁護士だと告げると、部屋へ案内してくれた。通されたのは個室ではなく四人部屋だった。

「なにしに来た」

　起き上がれない様子だったが意識ははっきりしているようで、瑞穂と二階堂の顔を見るなり島田はそう声を発した。

　それにしてもひどい状態だった。包帯でぐるぐる巻きにされた姿はミイラ男そのもので、隙間からこちらを睨みつける目も瞼が腫れ上がっている。唇の端が切れているので、しゃべるのも痛そうだった。

「力になれなかったのが申し訳なくて、せめてお見舞いをと思いまして」

二階堂が心にもないことを言ったので、瑞穂は思わずその横顔を見上げる。

「暴行されたときは、どういう状況だったんですか」

「金を返せと叫びながらナイフで切りつけてきた」

「かなり出血もしたんじゃないですか」

「当たり前だ」

「相手はひとりだったんですか？」

「ああ」

「なるほど……ですが、ひとりでここまでできるでしょうか。しかも、知り合いに頼まれて返済の催促をしにきただけだというのに」

島田が包帯の隙間から二階堂を睨みつける。

「俺が嘘をついてるっていうのか」

「…………」

「出て行け」

動かないでいると、今度は大声で叫んだ。

「出て行け！」

向かいのベッドの患者を見舞いに来ていた女性が「ひっ」と声を上げた。他のベッドの患者も、なにがあったのかとぎょっとしたようにこちらを見ている。

怒鳴ったから痛んだのだろう。島田が顔を歪めた。声を聞きつけた看護師が病室に飛び込んでくる。

「行くぞ」

注意される前に病室を出ようとする二階堂の後をあわてて追った瑞穂は、二階堂を見つめる看護師の目がハート型になっているのを見逃さなかった。

病院を出ると、二階堂に近くのファミレスでランチをしようと誘われた。働きはじめて二ヶ月ほど経つが、一緒に食事をするのは初めてだ。

「僕はイチゴパフェにする」

向かいの席に座るなり、二階堂はメニューも見ずに言う。

「えっ」

瑞穂が開いたばかりのメニューから顔を上げると、バッグからタブレット端末を取り出して、すでに調べ物を始めていた。

「あの、パスタとか、なにかご飯は食べないんですか？」

「だから、イチゴパフェだ」

どうやら、パフェがご飯代わりのようだ。二階堂がスイーツ好きなのは十分承知していたが、食事もスイーツで済ませているとは知らなかった。

「わたしは、ハンバーグにしようかな」

「デザートはいらないのか？　つぶつぶイチゴのミニアイスは期間限定だから頼んだ方がいいぞ」

よく来ているのか、得意げな顔でメニューの隅を指差す。

「……じゃあ、それも」

二階堂は納得したように呼び出しボタンを押すと、すぐにまたタブレット画面へ視線を戻した。

「ずいぶん熱心なんですね」

注文を終えて覗き込むと、見ているのは島田のニュースのようだ。

「とばっちりを喰らうのは嫌だからな」

意味がよくわからなかったが、瑞穂も料理が来るまでスマホで情報を探すことにした。

検索画面に「ホームレス」と入力しただけで予測変換に〝犯人　星川隼人　イケメン〟と出てくるのには驚きつつも、皆思うことは同じだなと苦笑する。

サイトを覗いてみると、今朝のニュースで見た写真と同じものがあった。やはりかっこいいと思ってから、あれ?と視線を上げた。運ばれてきた水に手をつけた二階堂と目が合う。

「なんだ」

「いえ、なんでもありません」

あわてて視線をスマホに戻して、またちらっと二階堂を見る。再び目が合ってしまった。

が、こんなことを言ったら絶対に怒られる。

「言え。そういうのが一番頭に来る」

言わなくても怒られるなら、言って怒られた方がマシかも知れない。

「……似てるなと思って」

「なにがだ」

「先生と、この容疑者の星川隼人って人です」

犯罪者に似ているといわれてうれしいわけはないが、切れ長の目と顎のラインが本当にそっくりなのだ。こうして二階堂を見ていると、あまりに似ていて、今朝気づかなかったのが不思議なくらいだ。

「当たり前だ、隼人は僕の弟だ」

「えーっ!」

予想の斜め上をいく答えに、水の入ったコップを取り落としそうになった。


ファミレスを出ると二階堂は寄る所があると言うので、瑞穂だけ事務所へ先に戻った。駅で別れるとき、「弟さんに会いにいくんですか」と訊いたら、「会う用事はない」と言われた。

兄弟なのにどうして名字がちがうのかとか、弁護をしてあげないのかなど、訊きたいことが山ほどある。が、立ち入ったことなのでさすがにファミレスでは訊けなかった。

午後は、二階堂から頼まれていた資料の整理をするつもりだったが、あれこれ考えてしまって手につかないので、コーヒーでも飲もうかと立ち上がったとき、入口のドアがノックもなく開いた。

二階堂かと思ったら見知らぬ男性だった。ロン毛にパーマだが若くはない。おじさんだ。瑞穂を見てポカンとしているので、行く部屋をまちがってしまったのだろう。

「どちらへご用でしょうか」

「どちらへって、ここは二階堂法律事務所でしょう」

最近どこかで見たような……と思ってハッとする。テレビに出ている弁護士のコメンテーター、二階堂城一郎《じょういちろう》だった。

「事務員を雇ったとは知らなかったな。ちゃんと給料はもらえてるのか？」

その馴れ馴れしい口ぶりもテレビで見たままだ。

「先生とお約束でしょうか」

緊張しながら訊ねると、城一郎はそれには答えず瑞穂をじっと見つめてくる。

「君、きれいな目をしているね。スタイルもいい。背中からヒップにかけてのラインが実にすばらしい」

身体を上から下まで舐めるように見られて、思わず後ずさる。これはセクハラではないだろうか。

「いつから働いているのかい？」

「九月からです」

「もっと早く来ればよかったな。ここで働くようになったきっかけは？　秀人に口説かれたのかな。いや、あいつに限ってそれはないか」

ひとりで勝手にしゃべってアハハハと笑う。

秀人……？

「まあいい。息子が帰ったら私が来たと伝えてくれ」

「むっ、息子⁉」

「なんだ、聞いてないのか」

城一郎が呆れた顔になる。名字は同じだが顔立ちは似ていないし、雰囲気もだいぶちがう。

「それはそうと、困ったことになっているようだな。いつでも相談に乗るからと伝えておいてくれ」

今回の事件のことを心配して来てくれたのだろうか。でも、二階堂の弟ということは、この人の息子でもあるはずなのにその口調はまるで他人事《ひとごと》のようだった。

「まあ、秀人はいずれ、うちの事務所に戻ってくることになるだろうから、そのときは君も一緒に来るといい」

城一郎はそう言って不敵に笑うと、事務所を出て行った。

瑞穂は戸惑いつつも、今わかったことを頭の中で整理する。二階堂は殺人未遂事件を起こしたとされる隼人の兄で、テレビでお馴染みのタレント弁護士、二階堂城一郎の息子だった。

「なんだ、さっきから人の顔ばかりじろじろ見て」

眠っているのかと思ったら、いきなり目がパチリと開き、口も開いたのでドキッとする。咄嗟《とっさ》に伸ばしかけた右手を引っ込めた。危ない危ない、イケメンについ無意識で触りたくなる癖がまた出てしまいそうになった。

三時過ぎに帰ってきた二階堂は報告を聞いた後、自分の席に座ってずっと目を閉じていた。

「いったい、どういう家族なのかと思っているんだろう」

図星だったので返事に困る。

「僕と隼人は血の繋がった兄弟だが、母親が同じなだけで父親はちがう。つまり、隼人とあの人は血が繋がっていない」

二階堂はとくに隠すこともなく教えてくれた。

「なるほど。弟さんはお母さんが再婚されてからのお子さんなんですね」

「それもちがう」

「え？」

「母親は僕の知る限り誰とも結婚していない。僕の父親とも、隼人の父親ともだ。あいつと僕でちがいがあるとすれば、僕は嫡出子《ちゃくしゅつし》と同じ身分で、隼人が非嫡出子ということくらいだな」

「ちゃくしゅつし？」

「君も法律事務所で働いているのだから、それくらい覚えておけ」

二階堂がノートに『嫡出子』と書いて瑞穂に見せてきた。

「嫡出子というのは結婚した男女の間に生まれた子どもで、非嫡出子は結婚していない男女の間に生まれた子どものことだ。ちなみに、この場合の結婚とは〝法律上の婚姻関係〟つまり、婚姻届を出しているかどうかを指す」

「それって、いったいどんなちがいがあるんですか？」

「昔は両親が亡くなって財産を受け取る場合には、原則的には嫡出子の方が多くもらえて、非嫡出子がもらえる分は少なかった」

「じゃあ、非嫡出子の方が立場が弱いってことなんですね」

「いや、必ずしもそうではない。産まれた段階では非嫡出子でも、父母が結婚し、父親が〝自分の子ども〟だと認知すれば嫡出子になる」

「あの、でも先生のお母さんは、どちらとも結婚は……」

「ああ。結婚はしてない。だが結婚しなくても、父親に認知され養子になれば、非嫡出子ではあるが、法律上は嫡出子と変わらない扱いになる。まあ最近は、最高裁で違憲の判断が出て法改正があったから、親の遺産の相続分を嫡出子と同じにすることが目的であれば、認知さえすれば、養子縁組までする必要はないが……」

なんだか難しい話になってきた。

「えっと、じゃあ先生は」

「簡単に言えば、あの人に認知されて養子になったということだ」

かなりプライベートなことを聞いてしまった気がして反応に困ったが、二階堂はいつもどおり平然としている。

「そういうわけで血も繋がってない隼人が法を犯そうと、法律上でもあの人には関係ない」

さっきから父親のことを〝あの人〟と他人のように呼んでいる。あまり良好な関係ではなさそうだ。

「でも、お父さん、先生のことを心配されているようでしたよ」

二階堂は鼻で笑った。

「あの人が自分以外のことを心配するわけがない」

「……弟さんの弁護、しないんですか？」

「弁護士は被疑者が決めるものだ。依頼があって初めて弁護士として動ける」

「被疑者？」

「警察で疑いをかけられている人間、つまり今回の場合、隼人のことだ。僕はとくに依頼を受けていない」

「それって家族だからですか？　身内の弁護は引き受けられない、とか？」

「ちがう。法律上、家族でも問題なく弁護できる。実際、僕の高校時代の同級生で弁護士になった奴が弟の傷害事件の弁護人を担当した。弟からの正式な依頼があってだ。営業がうまくて、いつもヘラヘラしている変わった奴だが、さすがに裁判のときはいつも以上に力が入っていたな」

二階堂の口元に笑みが浮かんだ。仲のよい友人なのだろうか。瑞穂は二階堂に〝変わった〟と言われるなんてその弁護士も心外だろうと同情してしまった。

それにしても、今回の件に関しては依頼なんかなくても兄弟なんだから弟を弁護してあげればいいのに、と思ったが、これ以上、瑞穂がどうこう言える立場ではない。法律のこと以外にも、他人にはわからない事情がありそうだった。

「まあ、そのうち疑いは晴れるから、そんなに優秀な弁護士じゃなくても大丈夫だ」

「……？　それは、弟さんを信じているという意味ですか」

いつになく投げやりな様子なのに、どこか確信めいた口調で話す二階堂に違和感を覚えつつそう聞くと、

「信じるもなにも、あいつはやってない」

二階堂はきっぱりとそう言い切った。


それから数日間は、二階堂が知り合いから頼まれた交通事故の損害賠償の案件に追われて、事件のことはしばらく忘れていた。

新たな客が登場したのは、そんなときだった。

「二階堂秀人という弁護士に会わせてくれ」

その日、二階堂は珍しく朝から外出中で、瑞穂がひとりで事務所にいた。やってきたのは六〇代くらいのがっちりした体格の男で、大きな革のボストンバッグを持っていた。

「お約束でしょうか」

「そんなもの、するわけないだろう」

あまりいい用件ではなさそうだ。名前を訊ねると、びっくりする答えが返ってきた。

「島田だ。島田光男の兄だ」

そこに二階堂が帰ってきた。

「あんたが星川隼人の兄貴か！」

状況を瞬時に把握した二階堂は「はい」とだけ言った。それを見た島田の兄がつかつかと歩み寄り、カッと目を見開き胸ぐらを摑む。

「なんだ、その態度は！　お前の弟がやったんだぞ！　そこに手ぇついて謝れ！」

「申し訳ありませんが、それはできかねます。まだ被疑者の段階ですし、本人も犯行を否定してますので」

興奮した兄は、病院からもらったという請求書を突きつけてきた。一ヶ月分の治療費ということだが、健康保険に加入していないらしく、三〇万円も掛かっている。

「これは払ってもらうからな。損害賠償だ」

「たしかにその治療費も、法律では損害に当たります。実際に掛かった治療費や付き添いで掛かった家族の費用、万一、後遺症があれば、その怪我を負わなかった場合に将来得られるはずだった給料などの利益も損害として発生します。入院や通院に対する慰謝料もそうですね」

「なら問題ないだろう」

「しかし、それらの損害は加害者本人が負うもので、家族が負担する義務はありません」

二階堂が冷たく答える。

「なにを言ってる。家族が責任を取るのが当然だろうが！」

「では、あなたは弟さんがやったことの責任をすべて取れるんですか。弟さんはここ数年、ギャンブルで借金を重ねては、それを踏み倒すという行為を繰り返していますが」

兄は言葉に詰まる。

「ご存知なかったんですか」

「知るわけがないだろう。あいつは一〇年以上も行方不明だったんだから」

だんだん声も小さくなり、事務所に入ってきたときの迫力は一気になくなった。

「そういうことでしたら、その支払いは拒否することができます。病院で念書のようなものは書かされましたか？　それがなければ……」

次の瞬間、大きな塊が二階堂目がけて飛んできた。兄がボストンバッグを投げつけたのだ。バッグは二階堂まで後わずかというところで床に落ちた。

「そんなことできるわけねえだろ！」

ひどい剣幕に恐るおそる顔を見ると、驚くことに目に涙をいっぱい溜めている。

「たったひとりの弟を見殺しにしろって言うのか。そんなことをしたら、死んだ親父たちに申し訳が立たねえ」

島田の兄は涙を手の甲で拭いながらそう言うと、床に転がったボストンバッグを拾って事務所を出て行った。

二階堂とふたりになり、沈黙が流れる。

「先生はいいんですか。あの人みたいに弟さんを助けなくても。疑いはまだ晴れてないんですよね？」

あれから一週間経ったが、二階堂の弟、隼人が釈放されたという話はまだ聞かない。

「勾留延長になっているかもしれない。起訴できる証拠がないんだろう」

気にしていない素振りを見せつつも、情報はしっかり得ている。言葉には出さないけれど、心配はしているのだろう。

「前に先生は『あいつはやってない』って言いましたよね。あれはどうしてですか」

瑞穂が訊きそびれていたことを訊ねると、二階堂がおもむろにズボンの裾をまくりあげた。

突然のことにぎょっとして後ずさったところで、脛《すね》にある大きな傷跡が目に飛び込んでくる。

「子供の頃、隼人と遊んでいて怪我をした」

よく見ると、縫ったような跡だ。

「出血がひどくて、それを目《ま》の当たりにした隼人は、それ以降、血がまったくダメになった。一〇代の頃はいわゆる不良だったが、喧嘩相手が唇を切って血を出したのを見ただけで失神したこともあるんだ」

「……なるほど」

たしかに、そんな人がわざわざナイフを使って暴行をするとは思えない。

「島田さんが嘘をついてるんでしょうか」

「……目撃者がいる」

犯行を目撃した少年がいたのを思い出した。

「それって……先生、目撃者に話を聞きましょう！」

「今は動かない方がいいだろう。僕は隼人の弁護人ではない。それに僕は被疑者の兄でもあるんだ。もし後でその目撃者に『証言を変えるように脅された』なんて言われたら大事《おおごと》になる。そんなことになれば、下手すると『証人威迫《いはく》罪』に僕が問われる可能性もある」

「しょうにんいはくざい？」

「捜査などに必要な知識――この場合は目撃証言だが――を持つ者やその親族に対して、正当な理由がないのに面会を強引に求めたり、脅したりする犯罪のことだ。要するに、弁護士とはいえ簡単に会ってはいけないということだ。実際にこれで捕まった弁護士もいる」

この状況で二階堂まで捕まってしまったら、どう考えてもまずい。

「心配してくれるのは結構だが、もう気にしなくていい。ちょっと出かけてくる」

瑞穂の気持ちを見透かしたようにそう言って、二階堂はそのまま事務所を出て行った。

気にするなと言われても、気にせずにいられないのが瑞穂の性分だ。隼人のこともだが、島田の容態や事務所まで来た島田の兄のことも心配だった。

休みの日なら文句も言われまいと、週末、島田が入院している病院を再び訪れた。島田の病室がある三階までエレベーターで上がって、病室へと向かう。あの兄が来ているかも知れないと思うと緊張してきた。

廊下を歩いていくと、病室の前に制服を着た少年が立っていた。

高校生だろうか。制服姿で、髪は襟足にかからないように短く切り揃えられている。目鼻立ちのはっきりした好感の持てる少年だ。てっきり誰かの見舞いに来たのかと思ったが、中を覗いているだけでなかなか入ろうとしない。

どうしたんだろうと思い、様子を窺っていたら、いきなり後ろから肩を摑まれた。

「なにしに来たんだ？」

ギクリとして振り向くと、そこには島田の兄が立っていた。

「先日はどうも……」

あわてて挨拶をしたが、返事はない。辺りを見回したり、ナースセンターの方を窺ったりしている。どうやら二階堂と一緒に来たと思っているようだ。

「今日はひとりで来ました」

そう言うと、ようやくこちらを見た。

「弟さんの具合はいかがですか」

「とりあえず安定している」

数日前に会ったときより、やつれたように感じる。弟のことで頭を悩ませているからだろうか。

「弟さんに会わせていただけないでしょうか」

病室の方を見ながら訊くが、返事はない。いつの間にか、高校生はいなくなっていた。

「見舞い客がひとりもないというのも寂しいものだな」

島田の兄がぽつりと言った。

「あんたんとこの先生にも言われたが、弟は昔から、知り合いに金を借りては踏み倒すことばかりやっとった。東京に来ても、同じことをしていたとは」

「でも、弟さんにだって友達のひとりやふたり……」

兄はありえないとでも言うように、頭を振った。

「見舞いにくるとしたら猫くらいのもんだな」

「猫？」

「ああ、いつも猫と一緒だったからな」

猫好き……ということは、同じ公園で騒がれていた猫の虐待は少なくとも島田の仕業《しわざ》ではないということか。

「あんただけならいいだろう。入ってくれ」

兄は顎をしゃくって、瑞穂を病室へと促した。

一週間ぶりに会った島田は、顔の包帯の量は減っていたが、その分、傷跡が痛々しかった。

「お加減はいかがですか」

「いいわけがない」

相変わらず気が強い。

「しばらくは、ここでのんびりさせてもらうよ」

島田の言葉に今度は兄がムッとする番だった。

「そんなわけにいくか」

「言っとくが、俺は熊本には戻らねえからな」

「じゃあ、どうする。公園で一生、暮らすつもりか」

「兄貴の下で働くくらいなら、その方がマシだ」

ふたりは言い合いを始め、険悪な雰囲気になってくる。

他の入院患者の迷惑になるのではと焦って瑞穂は周りを見たが、幸い他のベッドに患者はいなかった。どうやら退院したらしい。

ということは、さっきの高校生はなんだったのだろうか。

「島田さん。実は事件があった日のことで、少しお訊きしたいことがありまして」

兄弟の口喧嘩を遮るようにして切り出した。

「島田さんに暴行したのは星川隼人……さんだけだったんでしょうか。他にも誰かいたんじゃ……」

「まだ、そんなこと言っとるのか！」

が、島田の兄に怒鳴られただけで結局、二階堂から聞いた隼人のトラウマの話もできず、病室を追い出されてしまった。

「……まったく、君は休日にすることがないのか」

翌日、島田の病院に行ったことを報告すると、二階堂に冷たく言われた。

「わたしだってデートでもしたかったですけど、どうしても気になったので」

デートする相手なんていないが、悔しいのでそう言っておく。二階堂が面会に行けないなら、自分が行って少しでも役に立てればと思ったのに。

「それで、なにか新しい情報でもあったのか」

二階堂はデートについては一切触れずに訊いてくる。

「島田さんの地元は熊本で、昔から知り合いに借金しては踏み倒していたらしいです」

「ちっとも新しくない」

二階堂は話にならないというように首を振り、読んでいた本にまた目を落とす。

「あっ、あと、猫好きみたいなので、猫の虐待は島田さんがやったのではなさそうです」

本から目を離さずに、二階堂は「そうか」とだけ呟く。

他にはもう役に立ちそうな情報はない。こうなったら、目撃者に話を聞く以外に情報を得る手立てはなさそうだ。

「先生、わたしやっぱり目撃者の少年と会ってみようと……」

そこまで言って、瑞穂はあっと声を上げる。

「もしかしたら、あの子だったのかも知れない」

「なにが」

二階堂が少しだけ顔を上げた。

「島田さんの病室の前に高校生くらいの男の子がいたんです。誰かのお見舞いかなと思ったら、お兄さんと廊下で立ち話してる間にいなくなっちゃって。また病院に行ったら会えるかも……」

ボソボソと話し続ける瑞穂そっちのけで、二階堂はなにかを考えるように顎に手を当てた。

数日後、抱えていた交通事故の損害賠償の案件の目処がついたので、また病院に行ってみようかと思いながら出勤すると、朝一番に二階堂から思いがけない誘いを受けた。

「今夜、ふたりで出かけないか」

「え？」

思わず、二階堂の顔をまじまじと見る。

「少し行きたい所があるんだが」

なにかの冗談かと疑ったが、二階堂は真剣な顔で、とくにふざけている様子もない。

「なにか予定があれば、ひとりで行くからかまわ……」

「ありませんっ」

思わず即答したら、声が上擦ってしまった。

まさか、先生からデートに誘われる日が来るなんて……！

それからは一日中、仕事が手につかなかった。髪がはねていないかと気になって、トイレに行くたびに水で濡らしてみたり、アイメイクを何度もやり直したりした。

どこに行くんだろう？　そう考えたら服装も気になってきた。今日は白のニットに黒いパンツという少しカジュアルな格好で、デートには地味な気がしてくる。もし、ちゃんとしたレストランに行くのだとしたら、浮いてしまうかも知れない。せめて前日に言ってくれれば、もう少しおしゃれをしてきたのに。

七時過ぎ、腕時計をちらっと見た二階堂が「そろそろ行くか」と帰る準備をしはじめたので、瑞穂もあわてて支度する。いつも事務所ではふたりきりで、昼間は仕事で一緒に外出することも多々あるというのに、夜にふたりというだけで、心臓が高鳴る。

「あの、こんな格好でも大丈夫でしょうか」

「まったく問題ないが。ほら行くぞ」

携帯ミラーを見て髪を整えている間に、すたすたと二階堂は出て行ってしまった。

事務所を出ても、ずんずん先にひとりで歩いていってしまうので、瑞穂は小走りだ。向かっているのは裁判所や弁護士会館に行くときの方角だ。

こっちにレストランなんてあったかなと思いながらついていくと、とうとうチラシ配りをした日比谷公園の前まで来てしまった。二階堂は道路を渡るとそのまま公園へ入ろうとする。

初デートが夜の公園？　緊張だけでなく、疑問と不安が湧いてくる。

「あの、先生……」

「どうした？」

二階堂が立ち止まって瑞穂を振り返った。

「ああ、弁当屋はもういないぞ？」

「は？」

そういえば、裁判所の帰りにこの公園を通って帰ったとき、そんな会話をした覚えがある。

「この前、夕方に来たときもいなかった。あれは昼休みが終わる頃には引き上げるようだ」

「…………」

やはり二階堂はどこかズレている。

「そんなことより、あっちだ」

変わらず早足の二階堂になんとか追いつき、並んで歩く。

すると、なにやら小さな虫が群れをなして飛んできた。街灯の明かりではあまりよく見えないが、ブーンという羽音が気持ちが悪い。そう思っていると、二階堂が険しい顔で顔の周りを払いはじめた。

「だ、大丈夫ですか？」

その、あまりに必死な形相に、気持ちが悪いことも忘れて笑ってしまいそうになる。が、心配してそう訊いたのに答えることもなく、二階堂は今まで見たこともないほど嫌そうな顔で虫を手でぶんぶんと払っている。

「もしかして先生、虫が苦手なんですか？」

「……悪いか」

怒ったように言う二階堂の表情が小さな子どものようでついに声を出して笑ってしまった。じろりと睨まれる。

思い返せばあの日、瑞穂が公園を通って帰りませんかと言ったときも嫌な顔をしていた。もしかしたら公園で弁当を食べずに帰ったのは、虫が嫌だったからかも知れない。

「田舎育ちなのに虫が苦手になったのは、あいつのせいだ」

「あいつって？」

「隼人だ。子供の頃から、僕の背中にカマキリを入れたり、蜂《はち》の巣を目の前で振り回したり、散々な目に遭った」

それはひどいイタズラだ。そんなことをされたら虫が苦手になっても仕方がない気もする。でも、虫が苦手ならどうしてわざわざ夜の公園に誘ったりしたんだろう。

訊こうとしたら、いきなり右腕を引っ張られ、体を引き寄せられた。

「危ない、転ぶぞ」

そう言って二階堂が指差した地面には凸凹《でこぼこ》の段差があった。突然近くなった距離にドキドキが止まらなくなって、思わず身体を引く。

「あ、ありがとうございます」

そう小声で言うのが精いっぱいだった。

「ニャー」

いきなり近くで猫の声が聞こえてビクリとする。辺りを見回すが姿は見えない。先生、と声を掛けようとしてとなりを見ると、二階堂の姿も消えていた。

また先に行ってしまったのだろうかと焦っていたら、少し先から「ここだ」とひそめられた声が聞こえてきた。

声のした方を見るとツツジの植え込みの脇に二階堂がしゃがみ込んでいた。とりあえず近づいてみると、突然、腕を掴まれ引き込まれる。

「先生、急になに……」

「静かに」

後ろから手で口を塞がれて、頬と頬がぶつかる。二階堂の体温を感じて、瑞穂はまた胸が高鳴ってしまう。

恐るおそる横を見ると、二階堂は植え込みの向こうをじっと見ていた。暗がりでよく見えないが、いつもの冷静な瞳だ。つられて同じ方向を見ると、制服姿の少年がしゃがみ込んで猫の頭を撫でている。背の高さや体格からして、おそらく高校生だろう。

すると、おもむろに立ち上がった少年がキョロキョロと辺りを見回した。街灯でその顔が照らされる。

「あ……」

二階堂の手で塞がれたままなので、うまく声が出ない。

「病院に来ていた子か」

耳元で囁くように訊かれて頷く。その瞬間、少年が猫をいきなり蹴飛ばした。

「きゃあ！」

瑞穂の悲鳴が、二階堂の手の隙間からはっきりと漏れてしまった。少年はハッとしたように周りを見わたしている。その隙に猫は逃げていった。

少年がこちらへ近づいてくる。すると、二階堂がなんの前触れもなく立ち上がった。少年はいきなり姿を現した男に驚いて身を引いたが、すぐに警戒を解いた。

自分より細身の二階堂はあまり強そうに見えなかったようだ。

「チッ、覗きかよ」

「ちがいますっ」

思わず瑞穂も立ち上がると、「……こんなとこでなにやってんだか」と呟く少年の目に軽蔑の色が浮かぶ。

「ここ最近、猫を虐待していたのは君か」

少年の言葉を無視して二階堂が訊ねると、少年はなにを訊くんだという顔をした。

「虐待なんてしてません。可愛がってたんです」

「蹴飛ばすのが可愛がってたことになるのか」

「急に噛みつかれたから」

少年はそう言って、にっこり笑った。病院で見かけたときと同じようにその顔に不良っぽさはなく、黒髪短髪の、ごく普通の学生に思えた。

「この前、ここで暴行されていた男性、島田さんを見て、通報したのは君か」

「はい、そうです」

少年は優等生らしい口調で答える。

「本当は君がやったんじゃないのか」

「犯人は捕まってるんですよね。僕、塾の帰りにいつもここを通ってて、あの容疑者のこと見かけてたんです。金を返せって、いっつもあの被害者のおじさん、島田さんをいじめてて。かわいそうでした」

「でも、ナイフを使ってはいなかった」

「どうして、そんなこと言うんですか？　島田さんだって、そいつにやられたって言ってるんでしょ」

少年は二階堂をじっと見つめたまま口元に不敵な笑みを浮かべた。

「そのうち嘘をつき通せなくなって本当のことを言う。君はそれが心配で、病院に様子を見にいったんじゃないのか」

少年が急に黙り込んだ。

「猫をいじめているところを島田さんに注意されたんだろう。それで……」

「変態がなに言ってんだよ！」

少年の口調ががらりと変わる。二階堂を憎々しげに睨みつけると、ポケットからナイフを取り出した。

「僕は、島田さんに頼まれただけなんだからな」

「ナイフを貸せ」

二階堂が手を伸ばすが、少年は応じようとしない。

「危ないっ」

少年がナイフを振りかざしながら二階堂に向かってくるが、二階堂はそれを避けようと横へ動く。その隙に、瑞穂は植え込みを飛び越え、ふたりの間に立ちはだかった。

「そんなものがないと戦えないなんて、情けないと思わないの？」

瑞穂が言うと、少年は鼻で笑う。そして怯む様子もなく、今度は瑞穂にナイフを向けてきた。

「おばさんには関係ねーだろ」

お、おばさん!? 挑発だとわかっていても腹が立つ。

少年がナイフを振り上げて襲いかかってくるのと瑞穂が背後に回り込んだのは同時だった。少年はあわてて向きを変えようとするが、それより一瞬早く瑞穂の右腕が少年の右脇に差し込まれる。瑞穂は少年の腕をねじるようにしてがっちり抱えた。

「痛《い》て……」

少年が小さな声を漏らした瞬間、瑞穂はもう一方の手を少年の顔面に巻きつけ、そのまま両手を組んで、顔面と肩を強い力で絞めつけた。

「やめろ！　痛てーよ！」

大声で叫ぶ少年の手からぽろりとナイフが落ちる。

二階堂がナイフを回収したのを横目で確認して、瑞穂が力を緩めると、少年は肩を擦りながら、がっくりと地面に膝をついた。

「弱い者いじめは楽しいか」

二階堂が見下ろしながら言うが、少年は返事をしない。

「まあ、楽ではあるだろう。自分は傷つかなくて済むんだから」

そう言うと、二階堂は中腰になり、少年の目線に合わせるように屈んだ。

「世の中には力だけ強くて性根の腐った人間がたくさんいる。そういう汚い人間に負けないような大人になれ」

二階堂は無言のまま自分を見つめてくる少年の額を指でこづく。

「弱い者いじめはもう終わりだ」

少年は額に手を当てたまま、じっと地面を見つめている。が、瑞穂にはほんの少しだけ、少年の心が動いたように感じられた。

やがて二階堂の通報で警察に連行されていく少年を真剣な目で見届けながら、二階堂は「がんばれ」と呟く。その横顔がどこか寂しそうで、少し胸が締めつけられた。

その後、事情を話すために瑞穂たちも警察署へ向かった。

少年の身元はすぐにわかった。都内の私立校に通う前田《まえだ》諭《さとし》という高校一年生で、塾帰りに公園で猫をいじめているところを島田に見つかり、猫をやるなら自分をやれと迫られたらしい。事情聴取中に島田への暴行を認めたため、そのまま逮捕された。供述によれば、猫をいじめたのは優秀な兄とくらべられて、ストレスが溜まっていたからだという。

「それにしても先生、目撃者の少年が犯人だって、よくわかりましたね」

「先入観で事件を見なければわかる」

警察署から駅までの道を歩きながら話しかけたが、返事は相変わらず素っ気ない。

「自分で見たもの、経験したものから考えるんだ」

宙を見つめて呟く様子は、まるで自分に言い聞かせているようだ。

「……あの子、いい方向に変わってくれるといいですね」

「君は変われると思うか」

瑞穂の目をしっかり見据えて訊ねる二階堂に、少し戸惑う。

「そうですね……親にも問題があるみたいですから、そっちもどうにかしないと」

「親は関係ない」

言い終わる前に、二階堂が強く力のこもった声を出した。

「自分の行いが自分の運命を生んでいくんだ。どんな親であろうと、変えることができるのは自分だけだ」

沙織を騙した犯人に迫ったときのような熱い口調に驚いて、つい横顔を見つめてしまう。二階堂はときどき別人のように変わる。普段は感情を殺しているのではないかと思ってしまうほど、突然思いを迸《ほとばし》らせるときがあるのだ。

視線に気づいてこちらを見た二階堂と目が合ったので、あわてて目を逸らす。

「空がきれいですね」

焦って話題を変えた瑞穂の頭上には、いつの間にか星が昇っていて、澄んだ夜空には秋の気配が漂っていた。

「あいつは本当にバカだ」

瑞穂が病院へひとりで見舞いに行くと、熊本に帰る前に寄ったという島田の兄がいて、大きくため息をついた。

島田は検査に行っているようで、病室にはいなかった。

「借金取りを犯人にすれば、借金が帳消しになると思ったらしい。まったくなにを考えているのか」

兄が心底情けなさそうに言った。

顔の怪我は少年、前田にやられた後、これでは足りないと自分でも傷つけたらしい。道理でひどい怪我だったはずだ。

借金は、とりあえず兄が肩代わりすることになり、治療費は、前田の両親が支払うということで落ち着いた。島田は退院したら兄の会社で働きながら借金を返すことになっているようだ。

兄と一緒に島田を待ったが、なかなか戻ってこない。一三時から打合せがあり、そろそろ事務所に戻らねばならないため、仕方なく帰ることにした。

が、病室を出てエレベーターまで歩いていると、検査を終えたらしい島田がちょうど看護師に車椅子を押されてきた。瑞穂を見ると、一瞬気まずそうな顔になって視線を逸らす。

「退院が決まったとお兄さんからうかがいました。おめでとうございます」

「……めでたいなんて思ってないだろ」

島田は、悪態をつくが、構わずに続ける。

「お兄さんはあなたのことを心配していました。これからは、お兄さんのところで、がんばってくださいね」

そう言って会釈をして歩き出すと、後ろから低い声が聞こえてた。

「俺が借金を帳消しにしたくてやったと兄貴は思っているが、そうじゃない。俺はあの兄弟をどうにかしてやりたかったんだよ」

あの兄弟……？

思いもよらない言葉に島田の方を振り返る。

「先生と隼人さんが兄弟だって知ってたんですか？」

島田がふんっと鼻を鳴らす。

「あいつは事あるごとに兄貴が弁護士で、銀座に事務所を構えてるって自慢してたからな。兄弟で遊んでいた話もよく聞かされたよ。兄貴は虫が苦手で、いつもイタズラしてたとかな。あんたに事務所へ連れていかれてそっくりの顔を見たときは、こんな偶然もあるのかと驚いたよ」

「あの……」

もっと話を聞きたかったが、車椅子はそのまま遠ざかっていってしまう。

二階堂の様子から察するに、兄弟仲が悪いとばかり思っていた。兄と遊んだ懐かしい話を島田にしていたということは、もしかすると隼人は二階堂に弁護してもらいたかったのではないだろうか。

事務所に到着すると、二階堂が自分の席で雑誌を読みながら菓子パンを食べていた。が、どうやらその前にケーキを食べたようだ。口のところにクリームがついている。

「先生、わたしがいない間に、ひとりでケーキを食べたんですか？」

「ケーキ？　なんのことだ？」

「とぼけないでください。口のところにクリームがついていますよ」

瑞穂が自分の口元を指差しながら言うと、二階堂は何事もなかったかのように、さっとティッシュで口元を拭いた。

「わたしの分はないんですか？」

「申し訳ない、『珈琲ダンテ』の抹茶ロールケーキ、残りひとつしかなかったんだ」

「えー！　あれを食べたんですか!?　ずるい！」

「君は家が近いから、いつでも食べられるだろう」

「いつも売り切れで、なかなか買えないんですよ」

膨れ顔をしつつも、「それはすまなかったな」とぶっきらぼうに答える二階堂を見ると、つい顔がニヤけてしまう。好きなスイーツのことになると、途端に素直になるところが可愛い。

「そんなことより、ずいぶん遅かったな」

おそらく笑われたことに若干プライドを傷つけられたであろう二階堂は、急に真面目な口調になって言った。といっても今は一二時を少し回ったところで、今日は病院に顔を出してから出社すると事前に伝えてあったから問題はない。

「どうだった？」

パンを口に入れたまま、もう瑞穂を見ることもなく淡々と聞いてくる。

「お兄さんは熊本に帰るそうです。島田さんも退院が決まったみたいで」

二階堂は「そうか」とだけ答えて、それ以上なにも言わなかった。

隼人の無実が証明され、釈放されたのはよかったが、未成年の前田が逮捕されたのはなんだか後味が悪い。それに二階堂は結局隼人と会わずにいるようだったので、そのことも少し気になっていた。

「先生、実は……」

島田から聞いた隼人の話をしようとすると、二階堂がくるりと椅子を回してこちらを向き、おもむろに口を開いた。

「君はどうして、プロレスラーにならなかったんだ」

「え？」

突拍子もない質問に瑞穂はポカンとする。

なんと、二階堂が今読んでいたのは最新号のプロレス雑誌だった。表紙では二階堂とは似ても似つかない筋肉隆々の男がポーズを取っている。

「その雑誌、どうしたんですか？」

「パンを買いにいったときに、たまたま目についたんだ」

そんなことを言っているが、本当はプロレスに興味を持ったんじゃないだろうか。

「質問の答えは？」

「あ、とくになろうと思わなかったからです」

実を言うと、小さい頃はなりたいと思っていた。でも、合気道を習ううちに、瑞穂と桜良をひとりで一生懸命育ててくれた祖父が悲しむようなことはしたくないと思うようになったのだ。父と同じようにプロレスラーになって勘当されたくはなかった。

「そうか。だがこの前、前田を取り押さえたときに使ったのもなにかの技なんだろう」

「あれは父が試合でよく使っていたチキンウイングフェイスロックという技で……」

得意になって答えると、

「君は本当に強いな。相手が高校生とはいえ、ナイフを持っている相手にあんな技を掛けられるとは」

二階堂が感心したように言う。

「あ、あれにはコツがあるんです」

「コツ？」

「先生はあのとき……ナイフで襲われたとき、どっちに逃げたか覚えてますか？」

「いや」

「そうですよね。先生、ちょっと立ってみてください」

「まさかプロレス技を仕掛けるつもりじゃないだろうな」

二階堂が憎まれ口を叩きながらも興味深そうな顔で立ち上がった。

「相手が右手にナイフを持って、こう攻めてきたとします。そのとき、先生はどうしますか？」

瑞穂がボールペンをナイフに見立てて襲うような動作をすると、二階堂はこの前と同じ方向へ逃げた。

「そう。この前と同じ動きです。普通、反射的にナイフを持っている手とは逆の方向へ逃げてしまいますよね。でも、それだと危ないんです」

逃げた二階堂にそのままナイフを振りかざす真似をする。

二階堂は避けることもせず、真剣な表情で話を聞いていた。

「このままだと、相手は攻撃する向きを変えることなく、簡単に追うことができます」

「なるほど。じゃあ、どっちへ逃げればいいんだ」

「ナイフを持っている手の方へ逃げるんです。そして、そのまま相手の背後に回る」

二階堂が言葉どおり、瑞穂の後ろに回った。

「そうです」

言いながら振り返ろうとしたら、ぐいっと右腕を掴まれる。

「これだと相手が向きを変える前にナイフを持った手を掴むことができるのか」

瑞穂の腕をしっかりと掴んだまま二階堂が言う。二階堂の顔が間近にあって、鼓動が速くなる。シャンプーの匂いだろうか、少し甘い匂いがふわっと鼻先をくすぐって意識が飛びそうになった。

「そ、そういうことです。わたし、合気道やってたんで、これは基本中の基本で……」

たまらなくなって身体を離す。公園のときといい、二階堂は女性と至近距離になっても、なにも思わないのだろうか。それとも瑞穂に女としての魅力がないのか……。

「君は合気道も強いのか」

「先生、合気道は強い弱いを競うものじゃないんです。戦うことを目的としているのではなくて、身を護るための術を追求する武道なので」

「そうはいっても、相手が挑んできたらどうする？」

「そのときは戦います。ただ、相手の力を利用して技をかけます。合気道の究極の目的は、自分を殺しにきた相手と仲よくなっちゃおうというものですから」

「そうなのか。……まあ、時には戦うことも必要だ」

二階堂が急に訳知り顔で言う。

「先生も戦うんですか？」

「いや、君は僕のボディガードでもある。戦いを避けられない状況なら、君に戦ってもらうしかない」

「またそうやって……。何度も言ってますけど、わたしだって一応女なんですから」

このやり取りは何度目だろうか。二階堂には女として見てもらえていないことに改めて気づき、瑞穂は少し落ち込んだ。

肩を落として席に戻ろうとすると、「悪かった」と二階堂がボソッと言った。思いがけない言葉に驚いて振り返る。

「危険な目に遭わせるつもりはなかった」

「え、あ、いえ……」

急にそんな風に言われると調子が狂う。もしかして心配してくれたのかと二階堂の優しさに感動していると、

「だが、あれはダメだ」

と急に強い口調に変わった。

「え？」

「いいか、たしかに君は僕を助けようとしてくれた。きっと咄嗟の判断だったのだろう。でも、そこで無謀な行動を取るのはちがう。今回、相手はナイフを持っていた。プロレスラーの娘で、合気道をたしなんでいるのもよくわかったが、いくら君が僕のボディガードでも、武器を持っている相手に向かっていくのは危険すぎる」

「でも、あのときは」

瑞穂が行かなければ二階堂が刺されていたかも知れない。

「人を救いたいと思うなら、救われた人が悲しまないように、責任ある行動を取れ。今回は無傷で済んだが、もし命に関わるような怪我だったら……」

二階堂の口がきゅっと結ばれた。

やっぱり心配してくれたのだろうか？

「……ごめんなさい」

瑞穂は小声で謝った。

「僕に謝る必要はない。結果的に君に助けられた。ただ、次から気をつけてくれ」

事務的な口調だったが、瑞穂は不器用な優しさを感じたような気がして心が温かくなった。

「あ、そういえば！　先生、デートはどうなったんですか？」

ふと思い出して確認する。あんな風に終わってしまったけれど、もともと二階堂はどこへ連れていってくれるつもりだったのだろうと気になっていたのだ。

「デート？」

「え？　だって昨日、夜出かけようって」

怪訝な表情を浮かべる二階堂に瑞穂は質問を重ねる。

「あれは公園に調査に行くという意味だが」

「へ？」

自分の勘ちがいに気づいて顔が熱くなる。言われてみればたしかに二階堂の口から〝デート〟という言葉は出ていなかった。ひとりで舞い上がってバカみたいだ。

「今度、昼休みに弁当でも持って公園に行くか」

返す言葉も思いつかず俯いていると、二階堂が外を見ながら呟いた。

「えっ？」

意外な言葉に目を瞠る。

「君がいれば、虫も怖くなって逃げ出すだろう」

「どういうことですか！」

二階堂は怒って追いかけようとする瑞穂から逃げるように、「そろそろ来客の時間だ」と応接スペースに座った。

その後ろ姿を見て呆れながら、瑞穂は流し場でお茶の準備を始めた。その間、二階堂との公園デートを妄想してしまうのだった。

第三条
青い鳥のために

「異議あり！　今のは誘導尋問です」

静まり返った法廷内に二階堂の声が響きわたった。

やはりドラマと同じだと、凛々《りり》しく声を上げる二階堂の姿を見て瑞穂は思った。だが、二階堂はドラマに出てくる弁護士よりも数倍かっこいい。

暮れも押し迫った一二月のある日、瑞穂は霞ヶ関の裁判所で二階堂が担当する裁判を傍聴していた。裁判が傍聴できるということは以前から知っていたが、実際に傍聴するのは初めてだ。

ちなみに瑞穂が今日傍聴しているのは東京家庭裁判所で開かれている離婚裁判だ。夫婦の家族でも親戚でもない赤の他人が、こんなプライベートな裁判まで傍聴できるとは知らなかった。

『異議あり！と先生の指摘。相手方の代理人の質問が誘導尋問に当たるため』

瑞穂は膝の上に広げたノートにペンを走らせる。

誘導尋問というのは、イエスかノーで答えられる質問のことだと先日二階堂から教えられたばかりだ。本人の記憶どおりに証言させるためであり、相手方にとって都合のいい証言を取ろうとする方法なのでやってはいけないという。

「夫である被告は、原告であるあなたと離婚する意思はないと言っています」

二階堂がそう反対尋問を始めると、被告側の席にいる夫は力強く頷いた。二階堂は夫側の弁護をしている。

「いい加減にして！　こっちは顔見るだけで寒気がするのよ！」

尋問の途中だったが、その言葉を受けて、証言台にいる妻が大声で叫んだ。

「原告は不要な発言を慎むように」

黒い服に身を包んだ裁判官が注意を促す。残念ながら、ドラマのように「静粛に！」と木槌で机を叩くことはなかった。

瑞穂は裁判と言えばあのシーンだと生で見るのを楽しみにしていたのだが、「そんなものはない」と二階堂にバカにされてしまった。木槌は日本の裁判では使われていないという。

と、瑞穂のとなりにいる女性がくすくす笑っているのに気づいた。当事者にとっては真剣な裁判中に傍聴人が笑うのはいかがなものかと、ちらりと横を見ると、まだ笑みを浮かべている。

裁判の傍聴を趣味にしているこの手の人はよくいると二階堂は言っていた。単なる暇つぶしなのか、他人の不幸に興味があるのか、変わった趣味の人もいるものだ。

「裁判官、この男はもともと私の財産だけが目当てで結婚したんです！」

胸元の大きく開いたスーツを着た奥さんが、自分の弁護士の制止を振り払って叫んだ。

たしかに、客観的に見てしまうと、終始暴走気味の妻のヒステリックな様子はちょっとシュールで、おもしろいと言えなくもない。

が、今日は勉強のために見学に来たのだと気を引き締める。二階堂は、叫んでいる奥さんに対して尋問を続けようとしていた。集中集中と再びペンを持つ手に力を入れた次の瞬間、二階堂の目がキラッと光ったかと思うと、原告の妻に向かって怒濤《どとう》のように話しだした。

「被告はたとえ離婚となった場合でも財産はいらないと言っています。それに、あなたが今のように感情的になるから、夫婦間の話し合いができなかったのではありませんか？　あなたは一度でも被告である夫と向き合おうとしましたか？　昔、とある離婚裁判で、裁判官が『探しても見つからなかったふたりの青い鳥はどこかにいる。それを探すためにじっくりと話をしなさい』と言いました。私もまだふたりの〝青い鳥〟はいると思います。付き合った当時を思い出してください。被告である夫にはもう一度あなたと〝青い鳥〟を探す準備があります。夫はまだあなたを愛しているんです。……以上です」

そうものすごい早口で捲《まく》し立てて、あっという間に尋問が終わった。

「質問はひとつずつにしてください」

裁判官から注意を受けたが、二階堂は気にする様子もない。大丈夫かと心配になったが、夫婦の愛を童話の〝青い鳥〟にたとえるのはなかなか素敵な話だと瑞穂は思った。

そのとき突然、妻がワッと泣き出した。二階堂の力強い語りかけに、気持ちが揺れ動いたのだろうか。

妻側の弁護士があわてているのが瑞穂にもわかった。どうやら今の発言で、裁判は二階堂にかなり有利になったようだ。

「なんだかわたし、結婚するのが怖くなりました」

裁判所からの帰り道、瑞穂は憂鬱な気持ちで二階堂に言った。

「だから言っただろう。離婚裁判は修羅場《しゅらば》だと」

「そうですけど、あんなに激しいとは思わなくて。なんていうか、夫婦喧嘩を法廷でやってるだけというか。他人に見せるものではない気がしました」

事前に二階堂に言われていたとはいえ、あそこまでひどいとは想像だにしなかった。

「友人の弁護士の話だが、裁判中に夫が妻の前で浮気を否定したものの、こっそり傍聴に来ていた愛人に、『トボけるんじゃないわよ、あんなに愛してるって言ってくれたじゃない』と叫ばれて、一発で負けた裁判もあったらしい」

二階堂は苦笑いをしながら言った。

「……その弁護士さんはどっち側だったんですか？」

「夫側だ。気の毒に」

「でも、知らない人にあんな醜い言い争いを見られて、はずかしくないんでしょうか」

「はずかしいと思うなら調停で終わっている。そんなことはどうでもいいと思うから裁判まで進むんだ」

二階堂によると、離婚は裁判になる前にあらかじめ〝調停〟というものを行うらしい。

調停は非公開で行われ、裁判のように勝ち負けを決めるのではなく、話し合いによってお互いが合意して解決を図る手続きのことだという。

そこでケリがつかなかった場合だけ裁判に進む。つまり、裁判に進んだ時点で、人に見られてもいいからとにかく納得のいく方法で離婚がしたいと、相当、泥沼化している可能性が高いのだ。

「本当に弁護士の仕事は感情労働で精神的に疲れる。だから、離婚事件はできるだけ受けないようにしている。とにかく本人たちの感情の起伏が激しくて、彼らの気持ちのコントロールとケアがなにより大事になる、とてもデリケートな仕事だからだ。一歩まちがえると彼らの感情が爆発してしまい、大惨事になる」

二階堂が珍しく弱音を吐いた。実はここ最近、あまりに疲れた顔をして帰ってくる二階堂が心配になって裁判を見せてくれと言ってついてきたのだが、今日傍聴して、その理由がよくわかった。

夫側はそうでもなかったものの裁判の終盤で叫んでいた妻がかなり感情的なタイプだった。あれでは裁判中は気が抜けないだろう。さらに裁判後は依頼人の夫へのフォローも必要だ。

大変な仕事だと瑞穂はひとり頷いた。

「まあ、奥さんはヒステリックではあるが、家庭内暴力の事実はないようだし、僕が襲われるということはないだろう」

「そうですね、あのニュースにはびっくりしました」

昨日の昼休みにテレビで、ＤＶ事件を担当している弁護士が襲われたニュースを見たばかりだった。

「女性の気持ちはあまりわからないし、それぞれに事情もあるだろうから、深くは介入したくない」

瑞穂は思わず納得してしまう。沙織の詐欺事件のときから気づいていたが、二階堂は女性の気持ちにはかなり疎い。

それはともかく、今日は本当に疲れているらしい。裁判中はあんなに熱弁をふるっていたのに、今は母親の前で弱音を吐く小学生のような顔をしている。

本当は優しく慰めてあげたいところだが、そうもいかない。

「でも先生、今、事務所は仕事を選《え》り好《ごの》みできる状況じゃないんですよ。相変わらず、めったに相談の予約は入らないし、依頼も少ないし、それにこれ以外は今ふたつしか案件がないんですよ。わかっているんですか」

「そんなもの、いずれなんとかなるだろう」

「またそんなこと言って、全然お客さんが来ないじゃないですか」

瑞穂の言葉にも二階堂はどこ吹く風だ。

これまでも忙しかった時期はないようだが、二階堂はとくに気にする素振りもない。瑞穂が事務員になってからも「お客さんが来ませんね」とか、「これでは売り上げが伸びません」と何度言っても、まったく意に介さない。

だが、この前『人を惹きつける方法』というタイトルの本が本棚にあるのを発見した。ということは、二階堂なりにがんばろうとしているのかもしれないと瑞穂は受け止めていた。

「しかし、今日の裁判を見たか。あの涙は奥さんの心が折れた瞬間だった。あれを見る限り、論理的に計算して……勝率は六〇パーセントから――」

「九〇パーセントに上がったんですね！」

「そのとおりだ。なんでわかったんだ。君も計算ができるようになったのか？」

瑞穂はそれには答えず、ニヤニヤと笑った。

なぜわかったか、その答えは簡単だ。先ほど二階堂が自分で自信満々に宙に〝90〟と指で描いたからだ。

一緒に働くようになってから知ったのだが、どうやら二階堂は空中に指で計算式を書きながら勝率を割り出していくらしい。必ず、最後に勝率の数字を描くのが癖なのだ。途中経過の計算は見ていてもまったく不明なのだが、最近、瑞穂には二階堂が最後に指文字で描く勝率だけは目でわかるようになった。

そのとき、ピカピカに磨かれたシルバーの高級車がすっと音もなく横付けされた。車の窓が下がり、法廷でも漂っていた強い香水の匂いが瞬時に辺りへ広がった。

「先生～！」

車の中から甘ったるい声で二階堂を呼んだのは、つい先ほどまで修羅場を演じていた奥さんだった。裁判では般若《はんにゃ》のような顔で夫を罵倒していたのに、今は上目遣いで、少女のように小首を傾げている。瑞穂は反射的に二階堂の前に立ちはだかった。

が、瑞穂など目に入らない様子で二階堂に向かって甘い声を出す。

「寒いですし、お乗りになりません？　お送りしますわ」

自分の弁護士を送っていけばいいものを、禿頭《はげあたま》の中年男には興味がないらしい。

「お心遣いはありがたいですが、僕たちは歩いて帰りますので」

二階堂があっさり断ると、奥さんはまるで今気づいたかのように、わざとらしく瑞穂を見た。

「あら、ボディガードさんもいたのね」

二階堂ならまだしも、初対面のこの人にまでボディガードと言われるのは心外だ。瑞穂は苛立ちを抑え、口を開く。

「あの、二階堂はあなたが訴えている夫側の弁護士です。誤解を招くようなことはやめた方がいいと思います」

勢い込んで言うと、奥さんがホホホと笑った。

「私、人からなんと思われようと気にしない性質《たち》ですの。でも、あなたがいるとゆっくりお話もできないので、また今度にするわ」

奥さんはそう言うと、グロスをたっぷり塗った口元に笑みをたたえたまま、ハンドルを切って去っていった。

余計なことを言ったかと恐るおそる二階堂を見ると、満足げな顔をしているのでホッとする。

「だいぶボディガードも板についてきたようだな」

喜んでもらえたならうれしいが、なんとも複雑な気持ちだ。

「もう五時か。君はこのまま直帰したらいい。休めるときに休んだ方がいいからな」

時計を見ながらそう言うと、二階堂は公園には入らず、道路を渡って反対側の道を事務所へと歩いていく。本当は散歩しながら一緒に帰れるのではないかと思っていたのに急にひとりにされてしまい、北風が身に染みた。


直帰させてもらったおかげで、いろいろと買い物をしても六時前に帰宅できた。最近、少し手を抜いた料理ばかりだったので、久しぶりにちゃんとした夕飯を作ろうと、桜良の好きなハンバーグを作りはじめたのだが……八時になっても桜良は帰ってこなかった。

今日に限ったことではない。ここのところずっと桜良の帰りが遅い。週三日は学校帰りに近所の喫茶店『髙《たか》はし珈琲店』でバイトをしているのだが、バイトがない日も夜八時頃に帰ってきたり、瑞穂と同じ一〇時を過ぎることもある。

気になることは他にもあった。今まで出かけるときはデニム、家の中での服装はジャージと決まっていたのに、最近はスカートを履くようになった。

いつも洗いっぱなしのストレートだった髪も、最近はコテで巻いたり編み込みをしている。もしかして、彼氏でもできたのだろうかと疑っていた。

「なんだ、瑞穂ちゃん。聞いてないのかよ」

翌日は休日だったので、ランチがてら『髙はし珈琲店』に足を運び、マスターの髙橋《たかはし》に探りを入れると、目を丸くされた。結局、昨日も桜良の帰宅は一一時を過ぎ、夕飯も「外で済ませてきたから」と、そそくさと部屋へ入ってしまったのだ。

ここは高橋の父の代からやっている昔ながらの古い喫茶店で、瑞穂の高校時代のアルバイト先でもある。高橋の妻で夫とは対照的な細身の聖子《せいこ》には、バイトを辞めてからも、恋の悩みを散々聞いてもらっていた。

「やっぱり彼氏ができたんですか？」

ナポリタンを頬張りながら訊くと、高橋は豪快に笑った。

「今は恋より夢だろう」

「夢？」

「えっ。そこから聞いてないの？」

頷くと、困惑した様子で高橋は聖子を見遣る。

「お姉ちゃんにはまだ内緒にしてるって、桜良ちゃん言ってたじゃない」

カウンター奥の洗い場で食器を拭いていた聖子が呆れている。

「そうだっけ。まずいな」

「あの、桜良の夢ってなんですか？」

困り顔の高橋が返答に窮していると、聖子が助け舟を出した。

「話も具体的になっているみたいだから、もういいんじゃないの」

具体的？

「そうだな。桜良ちゃん、アイドルになりたいんだって」

「アイドル⁉」

飲みかけていたコーヒーを吹き出しそうになり、あわてて飲み込む。そんな話は桜良から聞いたことがない。

「原宿でスカウトされて、タレント養成所に通ってるって言ってたわよ。ダンスや歌のレッスンを受けたり、笑顔の作り方なんかも教わったりするらしいわ」

聖子が指で口角を触りながら、ニッと笑った。

そういえば最近、洗面所の鏡の前でなにかしていると思っていたら、そういうことだったのか。言われてみると、つま先立ちで歩いているところを見た覚えもある。

「レッスンを受けてるってことは、お金を払ってるんですよね？」

「ああ。でも、桜良ちゃんは特別枠で入ったらしいから、普通より安いって言ってたな」

なんだか怪しい話だ。高橋が言うには可愛いから特別枠ということらしいが、スカウトされるような子は皆可愛いんじゃないだろうか。それに、いくら安いといっても、ここのバイト代だけでレッスン料を払えるのかも気に掛かる。

「俺も一応、心配はしたんだよ。でも、ダンスや歌の講師も有名な人ばっかりだから安心だっていうし」

不安げな顔をする瑞穂に気づき、高橋はあわててフォローを入れる。

講師の名前を教えてもらったところで、芸能界に疎い瑞穂には有名無名を判断することもできないだろうが、いずれにしても桜良と話をしなければと思いながら、急いで残りのパスタを平らげた。

「えーっ、髙橋さん、言っちゃったのか」

『髙はし珈琲店』から戻り、ちょうど出掛けようとしていた桜良に話を聞こうとすると、そう言って唇を尖らせる。

「わたしに言っちゃいけないことなの？」

「べつにそうじゃないけど」

今日の桜良は頭にカチュームを付けている。今の流行のようで、ストレートの黒髪に似合っていて我が妹ながら可愛かった。

「桜良、アイドルになりたいの？」

単刀直入に訊くと、急に反抗的な顔になる。

「いけないの？」

「いけないとは言ってないでしょ。ひと言、相談してほしかっただけ」

「どうして、そんなことお姉ちゃんにいちいち相談しなくちゃいけないのよ？　お姉ちゃんも自分の夢のこととか、おじいちゃんに相談してなかったでしょ？」

それとこれとは話がちがう。桜良の保護者として、瑞穂は養成所が本当に問題のないところなのか把握しておきたいだけだ。

「桜良の親代わりはわたしなんだから、その養成所が怪しくないのか、ちゃんと知っておかなきゃ」

「ちゃんとしてるから大丈夫」

　桜良はそう言って胸を張る。

「それに、お姉ちゃんに相談しても、どうにかなるわけじゃないでしょ。これは自分の才能と努力の問題なんだから」

　桜良はそう言った後、時計を見てあわてだした。

「あー、レッスンに遅刻しちゃう！　話はまた今度ね」

　そう言うと、スカートの裾をひらひらさせながら家を出て行った。

　次の日、書類の準備も終わり、相変わらず相談の予約もなく暇を持て余していたので、本を読んでいた二階堂に桜良の件を話してみた。

「自分の才能と努力の問題っていうのはたしかだと思うんですよ。でも、たったふたりしかいない姉妹なのに、なにも相談してくれないっていうのはどうなんでしょう」

　二階堂は瑞穂が淹《い》れたコーヒーを飲みながらパソコンの前に移動しただけで、なんの反応もない。聞いていないのかと思って話すのをやめたら、椅子を急にくるりと回し、瑞穂を見た。

「要するに君は、妹がアイドルになることに反対なのか」

ちゃんと聞いていたようだ。

「べつに反対はしてません。ただ、相談してくれなかったのがショックっていうか。それに、スカウトなんて怪しいんじゃないかと思ってしまって」

「君の妹は、そんなにアイドルとはほど遠い感じなのか」

「そんなことはないですけど……」

一応、可愛い部類に入ると思う。

「君と似ているのか？」

「たまに似てるって言われることもありますね」

「じゃあ、悪くはないんじゃないか」

思わぬ言葉に顔を上げるが、二階堂は再びパソコンの方を向いてしまった。

「そ、そうですか？　いえ、あの、自分で言うのもなんですけど、昔は近所で美人姉妹って言われてたこともあるらしくて。実はアイドルになれるんじゃないの、なんて……」

「プロレスラーのまちがいじゃないのか」

二階堂は画面から目も離さずにさらりと言った。

「…………」

「まあ、いいんじゃないか。悪徳プロダクションに引っ掛かったとしても、それはそれでいい人生勉強になる」

「それは困ります！」

あわてて反論する。

「女の子なんですよ。口は達者だけど、まだ子どもだし。変なところに売り飛ばされでもしたら、わたし、どうしたらいいか……」

「そんなに心配ならやめさせればいい。『お前がアイドルになんてなれるわけがない。悪徳プロダクションに捕まって心身共にボロボロにされるのがオチだ』と言ってやれ」

いくらなんでも、そこまでは言えない。瑞穂が黙っていると、二階堂がため息をついた。

「というより、問題はそこではないんだが」

「そこではない？」

「そもそも未成年者は親権者の同意がないと契約ができない。だから君の妹が契約できていること自体がおかしいんだ。なにかあればそこを突けば、契約は取り消せる」

「え、じゃあ……」

「君は妹の未成年後見人だから、君が訴えれば論理的に計算しても一〇〇パーセント勝てる。これは、計算するまでもないな。まあ、とりあえず様子を見たらどうだ。なにかあればそのときに考えればいい」

二階堂の口から『一〇〇パーセント』という言葉が出たのは初めてだ。いつものように指を動かすことさえしなかった。

しばらく様子を見ても大丈夫かも知れない。いざとなれば、そばに弁護士という強い味方がいるのは心強かった。

その日も桜良は一〇時過ぎに帰ってきた。

「最近、バイトもあんまり入れてないのに、レッスン料、払えるの？」

昼間はしばらく様子を見ようと思ったのに、顔を見ると、つい口うるさく言ってしまう。

「大丈夫だって。オーディションに受かればお金が入るし、事務所にも所属できるの。そしたら、仕事ももらえるようになるんだから」

「そんなに簡単に行くわけないでしょ。考えが甘すぎるよ」

少しきつめに言うと、桜良はむっとした顔になった。

「心配しないで。夏帆《かほ》とちがって、うちにお金がないことくらいわかってるから、出してなんて言わないよ」

そういう話ではないが、ここで感情的になって桜良が暴走してしまったら本末転倒だ。

「……夏帆ちゃんって、友達の？」

「そう、一緒にスカウトされたの」

長井《ながい》夏帆は、桜良の高校の親友だ。美人で家がお金持ちらしいが、両親が不在がちでひとりでいることが多く寂しいらしく、桜良もよく誘われて一緒に遊んでいる。

「お姉ちゃんに迷惑掛けるつもりないから。私の夢のことに口出ししないで」

「……わかった。とにかく、少しでも怪しいところがあったら、すぐに相談してね」

「はいはい。そんなことないと思うけどね」

今はなにを言っても、うるさい小言にしかならない。これ以上は喧嘩になるだけだと思い、瑞穂は自分の気持ちをなだめた。

ところが、そのときは思ったよりも早く訪れた。

翌週、仕事が終わって帰宅すると、桜良が居間のテーブルでなにか考えごとをしている。どうやら瑞穂の帰りを待っていたようだ。

「今日は早いね。バイトもレッスンもなかったの？」

「うん」

憂鬱そうな顔を見て、なにかあったんだなとピンときた。

ご飯を食べながら話を聞こうと台所へ向かうと、もごもごとした声が背中から聞こえてきた。

「……お姉ちゃんのところの弁護士って、相談に乗ってもらえたりする？」

「うん、相談だけなら無料で、いつでもしてるよ」

きっと養成所のことで、なにか困ったことがあったにちがいない。

「あそこ、やっぱり怪しいかも」

「どうして？」

言いづらそうに、桜良は上目遣いでこちらを見る。

「……水着で変なポーズさせて写真撮ったりとか」

「ええっ！　だから言ったじゃない」

握っていたフライパンを思わずガチャンと落としてしまう。そのまま振り向くと、桜良は「私は撮られてないよ」とあわてて付け加えた。どうやら夏帆のことのようだ。

手早く作った豚肉の生姜《しょうが》焼きを食べながら細かく話を聞くと、桜良はすでに養成所をやめたということだった。昔からちゃっかり者の桜良らしい。行動の早さに驚きつつも安心する。

「それにしたって、どういうことなの？」

「スカウトされたとき、特待生だから登録料だけ払えばレッスン料はいらないって言われたの。だから登録したのに、宣材写真代だとか更新料だとか言って、ちょくちょくお金を払わされるから、結構、金額がバカにならないんだよね」

「宣材写真？」

ドキリとして訊き返すと、桜良は急いで言った。

「水着じゃないよ。普通にポーズ取って笑ってる写真」

「その写真はなにに使うの？」

「オーディションを受けるために必要だって言ってた。でも、周りでオーディションに受かったって話も聞かないし。モデルの仕事は紹介されないのに、変なバイトを紹介されるみたいで」

「変なバイトって？」

「……キャバクラみたいな。噂だけどね」

なるほど、そういう仕組みで金儲けをしているわけか。

「夏帆ちゃんはまだやめてないの？」

「やめたいとは言ってるけど、ちょっと揉めてるみたいで」

「桜良はすぐにやめられたんでしょ？」

「うーん……もしかしたら、私はお姉ちゃんのこと話したからかも」

「わたしのこと？」

「弁護士だって言っちゃったんだ」

そう言って桜良が舌を出す。

瑞穂は呆れたが、それでうまくやめられたならよしとしよう。

「夏帆ちゃん、大丈夫なの？　なにかトラブルになってるんだったら、未成年だし親に相談した方がいいよ」

昨日の二階堂の言葉を思い出して言う。

「無理無理。この前聞いたんだけど、夏帆の親、とうとう離婚することになったんだ。今裁判中らしくて、子どもどころじゃないって。もともと、そんなに子どもに関心なかったみたいだし」

そういえばクレジットカードを渡されていて、なんでも買っていいと言われていると桜良から前に聞いたことがあった。年頃の高校生の娘を持つ親が、そんなことでいいのだろうかと心配になったことを思い出す。

先日の離婚裁判の夫婦にも、たしか子どもがいたはずだ。親があんな風に醜く争い合っているのを見るのは、どんな気持ちだろう。

あの夫婦もあれでは自分たちのことで手いっぱいで、子どもの気持ちまで考えが及んでいるとは思えない。

「わかった。明日、先生に相談してみるから、夕方、夏帆ちゃんと事務所に来て」

桜良は「わかった、ありがとう」と小さな声で言った。

この前は大きな口を叩いていたのに、今日はしおらしい。よほど夏帆のことが心配らしかった。

「講師が名のある人ばかりというのは、どうも嘘くさいな」

翌日の昼過ぎ、弁護士会の仕事を終えて帰ってきた二階堂に桜良のことを相談すると、さっそくそのアイドル養成所のホームページを見ながらそう言った。

たしかに有名な講師の名前はホームページに出ていたが、何年か前にやったイベントに一度来ただけで、普段の授業では教えていないようだった。

「やはり場所は六本木か。どんな所だと言っていた？　豪華なマンションじゃないか？」

「そうです。入った所に受付の女性がいて、最上階にスポーツクラブもあったって」

「連れてくるのは若い女性だから、安心させるためにそういうところには金を使うんだ。足のつかない第三者の名義を使って入居審査をごまかして立派なマンションを借りる」

瑞穂は納得して頷く。

「〝六本木なんて、芸能人の街って感じがする。見るからに業界人っぽい人がよく歩いてるんだよ〟って桜良も言ってました」

二階堂は大きく頷いた。

「そういう風に吹き込むんだ。六本木なんて若い女性にとっては憧れの街だ」

芸能界に憧れる女の子の純粋な気持ちを利用しているようで卑怯な話だ。

「なんだか腹が立ってきました」

「君が腹を立てたところでどうにもならない。とにかく、まずは話を聞こう。それからだ」

いつものように正義感を剝《む》き出しにする瑞穂を冷たくあしらい、二階堂はブラウザを閉じた。

午後四時。約束の時間に、学校帰りの桜良が夏帆を連れて事務所にやってきた。

「はじめまして、長井夏帆です」

礼儀正しく挨拶する夏帆は、大きな瞳が印象的な色白の美人だった。ストレートのロングヘアを手で払う仕草なんて、女の瑞穂でも見惚れてしまうくらい色気がある。

「どうぞ」

ソファにふたりを座らせて、用意したコーヒーをテーブルに出し、二階堂のとなりに座る。

「だいたいのことは話しておいたから、なんでも相談して」

瑞穂がそう言うと、夏帆が震える声で口を開いた。

「私、脅されてるんです」

記録を取ろうとノートを開いた手が止まる。その瞳に瞬く間に涙が浮かんだ。桜良が落ち着かせるようにその背中を擦る。

「なにをどう脅されているか詳しく説明してくれますか」

ハンカチを差し出そうとする瑞穂の横で二階堂が言うと、夏帆はゆっくりと話しはじめた。

「養成所をやめたいんですけど、いくら言っても、なかなかやめさせてもらえなくて」

「やめたい理由は話しましたか」

「はい。レッスン料が払えなくなったって嘘をつきました。本当はちょっと怪しいなって思ったからなんですけど……。でも、それならバイトを紹介するって言われて」

「どういうバイトですか」

二階堂は結婚詐欺に遭った沙織のときのように、淡々と事実を確認していく。

「内容は聞いてません。バイトは親に禁止されてるからできませんってすぐに断ったので。そうしたら……」

夏帆は唇を噛み締める。

「写真が出回ることになるかも知れないけど、それでもいいかって」

「宣材写真用に撮ったという水着の写真ですか」

「いえ、あの……その水着の撮影をしたときに……ハプニングがあって」

夏帆は続きを言うのがつらいようで、俯いたまま肩を震わせる。見かねた桜良が後を引き取った。

「水着が脱げたところを写真に撮られたんです」

「なにそれ!」

思わず大きな声が出た。

「撮影中にビキニのホックが外れちゃったんだって。ねっ、夏帆」

「着替えのときからホックが緩くて……でも、水着を変えてくださいとも言えなくて……」

その瞬間、夏帆の目から大粒の涙が溢れ出した。

そんなことが偶然起こるとは思えない。きっと、わざと脱げるように細工されていたのだろう。瑞穂の心に怒りが湧いた。

「その養成所のスタッフは何人くらいいますか」

「一〇人くらいだよね」

桜良が同意を求めるように訊くと、夏帆が頷く。

「でも、タレントの養成担当は半分くらいで、他の人たちはちがうことをしてるみたい」

「ちがうことって?」

無意識のうちに身を乗り出していた。

「連れてきた女の人の顔に機械みたいなのを当てて……」

桜良が身振り手振りを交えて説明するが、なんのことかよくわからない。が、二階堂はそれについては細かく訊かずに別の質問をした。

「最後にそこと連絡を取ったのはいつですか」

「昨日の夜です。電話が掛かってきたので、『写真を返して』って言ったら、『あれは冗談だよ』って笑われて。『レッスンは続けた方がいい。紹介するバイトをやれば、楽に稼げるからレッスン料は心配しなくていい』って」

夏帆が大きく息を吐いた。

それにしても、脅される材料となっている写真も本人は見ていないし、紹介するというバイトがどういうものなのかも具体的にはわからない。これではなにもできないではないか。

「私が、水着の写真なんて撮らせたのがいけなかったんです。……嫌だったけど、オーディションを受けるときに必要だって言われて」

夏帆はそう言って、堪えきれなくなったように声を上げて泣き出した。

「ご両親にはまだ相談してないの？」

「親には言いたくありません。知られたくない」

泣きながらもきっと顔をあげて、夏帆はそう言い切った。桜良からも話は聞いていたが、親子の間に確執がありそうだ。

そのとき、事務所の電話が鳴った。

「はい、二階堂法律事務所でございます」

席を立って電話に出ると、「もしもし～」という甘ったるい声が聞こえてきた。電話からも香水の匂いが漂ってきそうなその相手は名乗らなくてもわかる。例の離婚裁判の奥さんだ。

「二階堂先生はいらっしゃる？」

「申し訳ありませんが、二階堂はただ今、接客中です」

「あら、ボディガードさんね。何時頃、終わられるのかしら。相談があるのよ」

瑞穂はちらりと応接スペースを見た。あの空気の中で、今すぐに替わるほどの相手ではないだろう。

「相談でしたら、ご自分の弁護士さんにされてはいかがでしょうか。忙しいので失礼します」

この前と同じようなことを言って電話を終わらせた。

席に戻ると、二階堂が言い聞かせるように話していた。

「君は未成年です。未成年者は法律的には成人と比べると社会経験が乏しく判断能力も未熟とされている。だから契約をする場合には親の同意が必要とされています。選挙権を持てる年齢が二〇歳以上から一八歳以上に引き下げられたことで、今後どうなるかわからないですが……。つまり、結論から言えば、養成所をやめることはできます。養成所との契約は親の同意がないと言って取り消せますから」

夏帆がほっとしたように肩の力を抜く。

「ただ、うちがなにかの形で動くにしろ、警察に相談するにしろ、いずれにしても親に知られることにはなると思います」

二階堂の言葉に夏帆は再び沈んだ表情を浮かべると、「少し考えてみます」とだけ言った。

翌日、家に帰って夕食の支度をしていると、桜良が顔に擦り傷をつくって帰ってきた。

「ちょっとどうしたの!?」

「夏帆の写真を返せって言いに行ったら乱暴に追い払われて、そのとき転んだ」

驚く瑞穂に桜良はそう言ってスマホを見せてきた。

夏帆が撮ったという動画を見ると、桜良の顔まではわからなかったが、制服姿の女子高生がマンションの玄関で男と言い争う様子や、乱暴に追い払われる様子が映っている。

「夏帆ちゃんとふたりで行ったの!?　危ないじゃない！　監禁されて暴力でも振るわれたら、どうするつもりだったのよ」

「お姉ちゃん、考えすぎ。スカウトされてきた子たちも中にいるんだから、そんなことできるわけないでしょ」

まったく、やることが危なっかしすぎる。ただ、桜良が本気で夏帆を助けたいということは十分わかった。

「今後のことは先生と相談してるから、ちょっと待ってて」

瑞穂が言うと、桜良が「うーん……」と納得のいかないような顔をする。

「なに？」

「なんか、あの先生、怖くて」

「え？」

「お姉ちゃん好みのイケメンだけど、全然、笑わないからさ」

「笑うような話なんてしてないじゃない」

「それはそうだけど……。普段も笑ったりしなさそう」

言われて思い返すが、そんなこともない。笑った二階堂の記憶もいくつか浮かんでくる。たしかに基本的には無愛想ではあるが、怖いという印象は瑞穂にはなかった。

「……わかった。じゃあわたしがとりあえず、文句言いにいく」

「えっ、お姉ちゃんが？」

桜良の顔が途端に心配そうになるが、まずは自分の目で養成所がどういう所なのか確かめておきたいと瑞穂は思った。

先生に電話で相談すると、「仕事は午後からでいいから、先に行ってくるといい。ただし危ないことはするなよ」と言われた。


だが翌朝、桜良に教わった高級マンションへレコーダー持参で乗り込むと、そこはすでに引き払われていた。

「そろそろヤバくなってきてたんだろう」

報告を聞いた二階堂はとくに驚くこともなく言った。

「もしかして、わかってたんですか？」

「ああ、大方の予想はついていた。でなきゃ、いくら君が強靭《きょうじん》なボディガードでもひとりでは行かせない」

二階堂の中では、すっかり瑞穂はボディガードキャラだ。怒る気はもう失せたが、改めてそう言われ、少し傷つく。

「とりあえず、引っ越したことだけはわかったな」

「引っ越し？　潰れたんじゃないんですか？」

「場所を変えて、またやるだけだ。名前も新しくするだろう。会社や人なんて簡単に買える」

首を傾げる瑞穂に、二階堂は〝道具屋〟について語りはじめた。

いわゆる裏の世界には、〝道具屋〟と呼ばれる人たちがいる。そこでは休眠会社、前科のある人やホームレス、さらには携帯や銀行口座など、あらゆるものが売買されているらしい。つまり、お金さえ出せば、会社でも人でも銀行口座でも裏社会ではなんでも手に入るのだ。

「休眠会社って？」

「要は名前だけで、実際には動いていない会社のことだ。そういう会社は名義が余っているから、たとえばホームレスから名前を買い取って名前だけ社長に据えれば、会社なんて、すぐにいくつでも作れる」

「そんなことが……」

自分の知らない世界の様子に瑞穂は興味津々で聞き入ってしまう。

「そういう〝道具屋〟から購入した会社や携帯、口座は警察や弁護士が調べても足がつかない。詐欺まがいのことをしているような人間は、そうやって会社を作り、物を揃え、ワケありな人間を社長に仕立てあげる。そうして、もしなにかあっても自分たちだけは捕まらず、また同じことを繰り返す。今じゃホームページさえきれいに作っていれば、ちゃんとした会社に見せることができる」

「でも、そういう人たちは一回でも捕まったら、もうアウトですよね？　お金も警察に持っていかれちゃうだろうし」

「そんなことはない。金が見つからないよう、道具屋から利用できる外国人を見つけてもらい、わずかばかりの報酬と違法に得た現金を渡して、彼らの口座に分散させるとか、抜け道なんていくらでもある。こういった犯罪はとくに池袋や新宿、渋谷に多い。世の中には金になればなんでもするような人間はたくさんいる」

「そんな……」

「そうやって社会は成り立っている。世の中には君の知らない黒い世界は山ほどあるんだ。君のように陽の当たる場所で生きている人間ばかりではないということだ」

意味深なその言葉に瑞穂は二階堂を見つめる。が、そこからはなんの表情も読みとれなかった。

「心配ない。今回はそんなに深入りしなくても解決できるだろう」

二階堂は不安げな瑞穂を気遣うように言う。

「なにか手立てがあるんですか？」

「なくはない」

「早く夏帆ちゃんをやめさせて、写真も取り戻さないと……」

「それはしばらく大丈夫だろう。ネット上に素人の写真をばら撒いたところで、大した金にはならない。ただ、またなにか言ってくる可能性はある」

親が文句を言ってこないので、なにをやっても大丈夫だと安心しているのではないだろうか。

「やっぱり夏帆ちゃんを説得して、親と一緒に警察に相談に行くように言ってみます」

「バイトを勧められただけの段階で、警察がどこまで動くかは疑問だが」

「でも、このままじゃ……」

二階堂は腕組みをしてしばらく考えていたが、「よし、あれで行こう」と言いながら、いつものように宙になにか書きはじめる。もはや瑞穂にはおなじみとなった動作だ。

「あれなら論理的に計算して……勝率九八パーセントだ」

「あれって？」

高い確率に目を輝かせながら、二階堂のドヤ顔に食いつく。

「君の妹が言っていただろう。連れてきた客の顔に機械を当てていたって。おそらく、それはキャッチ美顔器商法だ」

「なんですか、それ」

瑞穂が訊ねると、二階堂は得意げに説明を始めた。

「たとえば人の集まる所でアンケートを頼んだり、『無料でネイルをします』と声を掛けて事務所へ誘い込んだ後、高額な美顔器を売りつける」

たしかにそういう人に声を掛けられたことは瑞穂も何度かあった。

とくに渋谷や原宿、恵比寿あたりに多いようで、最近はネイルの話が一番多いという。ネイルには時間が掛かるので、その間に言葉巧みに売りつけられるようだ。

「客も無料でネイルをしてもらっている負い目があるから、話だけでも聞こうという気になる。これも一種の心理戦だ」

「わたしもネイルサロンには何度か行ったことがありますけど、結構お金が掛かるんですよね。無料でやってくれるなんて言われたら、ついていっちゃうかも」

「そうやって、実際は販売が目的なのにそれを知らせずに事務所に誘い込んで、高額な商品を買わせるのは特定商取引法違反になる。僕も前に道玄坂にあった店に乗り込んで、金を回収した」

街角で「きれいですね。芸能人に興味ありませんか」とスカウトされ、養成所で「これを買えばさらにきれいになるし、ドラマにも出演できる」と言われたら、高額な商品でも買ってしまう人がいるだろう。

それで桜良がされたように、レッスン料や宣材写真代まで請求するのだから、一石二鳥どころか三鳥にも四鳥にもなる、いい商売だ。

「まずは、被害者を探す」

「どうやって探すんですか？」

「それは君の仕事だ」

なにを言っているんだと言わんばかりの顔で二階堂が瑞穂に冷たい視線を投げる。

「そんな……どこで探せば……」

「安心しろ。論理的に考えて勝率は九八パーセントだ」

久しぶりに意気込んでいる二階堂を見て、瑞穂もなんだかやる気になってきた。


さっそく翌朝から、原宿の路上で聞き込みをする。桜良たちが声を掛けられた場所から始めるのが最短ルートだという二階堂のアドバイスに従ったからだ。

道行く女性たちに声を掛け、美顔器を勧められたことがないか訊いてみるが、なかなかそういう人を捕まえられない。

昼過ぎになってもひとりも見つからず途方に暮れていると、見るからにチャラそうな男が声を掛けてきた。

「お姉さん、もしかしてモデルとかやってる？」

やっていないと答えると、わざとらしく「ええっ」と驚かれた。

「じゃあ、なにやってるの？」

「普通のＯＬですけど」

「もったいないなあ。そんなにきれいなんだから、そっちを生かした方がいいって」

言葉の端々から怪しさが滲み出ている。

「そんなこと言って、ダンスや歌のレッスンを受けさせて、高いお金だけとるつもりなんでしょ」

鎌をかけたつもりが、大笑いされた。

「そういうのは、もうちょっと若くないと」

二二歳なのに、まるでおばさん扱いだ。聞き込みのことさえなければひと言ガツンと言うところだが、情報を引き出したいのでぐっと堪える。

「じゃあ、わたしだったら？」

「うーん……お姉さんなら六本木の高級クラブでもいけるかな」

「高級クラブ？」

「不満そうな顔だね。女優とか言われると思った？」

からかうようにニヤニヤしている。

「でも、六本木の高級クラブっていったら、ランク的にはかなり上だよ」

「下だとなにがあるの？」

「そりゃあ、アダルト系でしょ」

なるほど、そういう仕組みになっているのか。彼はスカウトを専門にやっていて、女の子によって紹介するところを分けていると語った。

可愛い女の子はそれなりに大きな事務所へ、そうでもない子はアダルト系へと、紹介するところがちがうらしい。こんなに簡単に話してしまっていいのだろうかと心配になるくらい、ペラペラといろいろ教えてくれた。

「じゃあ、美顔器を勧められた人は？」

いよいよ本題に切り込む。

「美顔器？」

「わたしの知り合いがこの辺で勧められたって言ってたんだ」

「あー、それなら原宿より表参道でしょ。美顔器はＯＬだから」

スカウトも、そういうところはしっかり調べて立っているようだ。

さっそく表参道へ場所を移し、同じように声を掛けていくと、今度はすぐに対象者が見つかった。

「クーリングオフしたいって言っても、なんだかんだ理由をつけて受け付けてもらえなくて」

「その話、詳しく聞かせてください！」

瑞穂は目を輝かせ、彼女を連れて目の前のカフェに入った。

それからは、トントン拍子に事が進んでいった。彼女の話をもとにネットで同じ被害に遭った人を募ったところ、あれよあれよという間に三〇人ほどから連絡が来た。ひとりで悩みながら行動を起こせない人がたくさんいたようだ。

銀座の事務所には入りきらないので、二週間後、被害に遭った人たちを近くのカフェに集めて、二階堂も同席し、話をすることになった。

「訴えるなんて怖い……仕返しされるかも知れないし」

OLのひとりがそう言うと、二階堂が普段はあまり見せないような優しげな笑みを浮かべた。

「ひとりだと不安かも知れませんが、これだけいれば心強いでしょう。僕もついていますし」

OLはポッと顔を赤くし、その後は詐欺に遭った状況をすらすらと詳しく説明してくれた。

「最初は、『読者モデルに興味ありませんか』って言われたんです。『そんなの絶対無理』って言ったんですけど、きれいだきれいだって褒められてつい……」

「私もそう。美顔器で肌を磨けばもっときれいになるって言うんでしょ？　普通はもっと高いけど、きれいな人には特別に安い値段で提供してるって」

みんなが「それそれ！」と声を揃える。体験だけなら無料だと言われて事務所まで行くと、肌の内部まで映るという写真を撮られるようだ。そのままカウンセリングと称して長い話を聞かされて、帰れないような状況になってしまうらしい。

「将来こういう肌になりますよって、肌荒れのひどい写真見せるなんて脅しよね。絶対、裁判を起こすべきよ」

「そうよ、そうよ。あの美顔器、ブランド品だって言ってたけど、調べたら聞いたことのないメーカーだったし」

「全部、二階堂先生にお任せしましょう」

ここに来たときは「訴えるなんて」と及び腰だった女性たちが、わずかな時間ですっかり変わってしまう。二階堂の手腕とその外見的魅力は恐るべきパワーだと瑞穂は思った。

その日、集まったのは二〇人だったが、最終的にその全員が訴えることに同意してくれた。こういう仕事は、依頼人がひとりだと労力に対して弁護士費用も低いので割に合わないことも多いが、さすがに二〇人もいると、弁護士費用もそれなりの金額になる。事務所の経営を考えれば、かなりおいしい仕事だ。

不謹慎だとわかってはいたが、頭の中で電卓を叩きながら、瑞穂はつい笑みがこぼれるのを抑えきれなかった。


「これで、悪徳養成所を摘発できますね」

カフェで女性たちと別れ、駅までの道を二階堂と歩く。

「あとは相手がどこにいるかだ」

今日の話し合いで、相手を訴える材料になる証拠はだいぶ集まったので、問題はそこだけだ。

「捜すのは難しそうですか」

「とりあえず、戻ったら会社の登記を取得する。こういった会社は怪しまれないように、住所を変更したら、ちゃんと登記をしていることが多い。なにかヒントがあるはずだ。あとは、僕の方でこういった事件に詳しい知り合いのテレビ局の記者にも聞いてみる。久しぶりに大きな仕事になりそうだ」

いつになく明るい声で話す二階堂を見ていると、自然と笑ってしまう。

「なにを笑っている？」

「いえ、別に……」

「まあ、でもそんなことをしなくても、そのうち妹の友達に連絡があるだろう」

若くて容姿がいい上に、親が出てくる気配もないのだから、このままということはありえないと二階堂は言い切った。

そのとき、瑞穂の携帯が震えた。

「お姉ちゃん、あいつらの居場所がわかった」

桜良の興奮した声が聞こえる。

「連絡があったの？」

「うん、夏帆に。今から一緒に行くことになったから」

まさに今、二階堂が言ったとおりの展開だ。桜良からだと口を動かしながら伝えると、二階堂は静かに頷いた。

「待って、今先生と一緒だから、わたしたちも行く」

そんな危険な所に女子高生ふたりで行かせるわけにはいかない。

「でも、もうマンションの前まで来てるし」

「えっ！」

相変わらず行動だけは早い。

「そのマンション、どこにあるの？」

「うーんとね、四ッ谷の麴町口《こうじまち》だっけ？　そこから少し歩いた所にある。近くにおいしそうなパン屋さんがあるから、帰りに買ってくよ」

そんな暢気《のんき》ことを言ってる場合ではない。

「マンションの名前は？」

「名前は……ねえ夏帆、これなんて読むんだろう？　ピエール？　あっ、はい――」

「桜良？　もしもし？」

誰かと話す声がしたと思ったら、電話が切れてしまった。

不安を感じ、となりの二階堂を見ると、手を挙げてタクシーを止めている。

「ここから四ッ谷なら車の方が早い」

目の前に停まったタクシーに二階堂と一緒に乗り込んだ。

四ッ谷の麴町口から歩いた所にあり、名前の始まりがピエールと読めそうなマンション。

スマホで検索すると、すぐにいくつか候補が出る。

「ああ、このマンションの近くなら有名なパン屋がありますよ。女房に頼まれて、一度、買って帰ったことがあるんだけど」

やたらと愛想のいいタクシーの運転手の話で、候補はひとつに絞られた。そのマンションの前で降ろしてもらう。

以前瑞穂が行ったマンションとはまた雰囲気はちがうが、閑静な住宅街にある煉瓦造《れんがづく》りのやはりおしゃれな建物だった。

集合ポストに会社名がいくつか書かれていたが、捜しても以前の名前はない。

「やはり社名を変えたようだ。新しい名前は？」

「す、すみません、電話が途中で切れちゃって……」

マンションの場所を聞くのに精いっぱいで、そこまで気が回らなかった。二階堂がため息をつく。

「仕方ない。会社名のある部屋と名前の出ていない部屋に絞って片っ端から部屋番号を押すんだ。相手が出たら街で名刺を渡されたと言え」

「なるほど！　スカウトされたフリをするんですね！」

はやる気持ちを抑えながら、ひたすら部屋番号を押す。

「すみません。名刺をもらったので説明を聞きにきたんですけど」

モニターに向かって目を見開き、できるだけ可愛い声で言ってみる。

だが、応答がなかったり、出ても「部屋をおまちがえじゃないですか？」と言われるばかりだった。

七軒目となる五〇五でやっと若い男性が出て、それらしい反応が返ってきた。

「連絡してから来てくれればよかったのに。うち、今日は休みなんだよね」

ここだ。なんとか中に入れてもらえるようにしなければ。帰したらもったいないと思わせないと。瑞穂は気合いを入れる。

「やっと決心して来たんですけど、今日はダメなんですか～？」

上目遣いで、アヒル口っぽくしながらカメラを見る。

「うーん……じゃあ、いいよ。面接だけさせて」

ドアロックが解除される音が聞こえ、自動ドアが開いた。モニターの死角にいた二階堂がよくやったと軽く頷く。そのままオートロックを突破し、五階まで上がる。

緊張しながら五〇五号室のチャイムを押すが、応答がない。部屋をまちがえたのかと思い、二階堂の方を見ようとするとドアが開いた。室内からは、はやりの音楽が聞こえてくる。

出てきたのは白いTシャツにデニム姿の若い男性で、「どうぞ」と言いかけたが、後ろに立っている二階堂を見て警戒したのか、ドアを閉めようとした。

すかさず二階堂が名刺を差し出し、ドアの隙間に足を入れ、上半身を押し込む。

「……弁護士？」

男は名刺を見ながら怪訝な顔になる。

「どういうご用件でしょうか」

「実はこちらに通っている女子高生の親御さんから依頼されまして、事情をうかがいにきました」

「そうでしたか。どの子の……」

平静を装ってはいるが、目で動揺しているのがわかる。

「長井夏帆と神谷桜良です」

男性は「ああ、お姉さんが弁護士さんの」とちらりと瑞穂を見た。名刺をもらって来たという瑞穂の嘘はバレたようだが、桜良の嘘はまだ信じ込んでいる。

「入らせていただいてよろしいでしょうか」

言葉こそ丁寧だが、有無を言わせない口調で、二階堂はさっさと靴を脱いだ。

マンションにしては長い廊下を歩いていくと奥から聞こえるＢＧＭが徐々に大きくなってきた。案内されたリビングは、所々に段ボールが重ねられているだけで、桜良と夏帆の姿はない。

「すみません。まだ引っ越してきたばかりだから散らかってて」

「存じてます。会社名も変えられたんですよね」

「ええ、心機一転という感じで」

男性は笑みを作ってそう言った後、「申し遅れました」と名刺を出してきた。

『フラワー・アカデミックジャパン　代表取締役　小坂亮《こさかりょう》』とある。

二〇代に見えたので、スタッフのひとりだと思っていたが、どうやら社長らしい。緩くパーマのかかった茶髪を後ろでひとつに束ねている。目鼻立ちのはっきりしたエキゾチックな顔立ちの男だった。

部屋の隅にあった横長のソファに勧められるまま、ふたりで座る。

「弁護士さんが来るなんてびっくりだなあ。うち、なにかしましたか」

小坂が目の前に腰をおろした。落ち着きは取り戻したようだが、視線を少しも逸らそうとしないので用心しているのがわかる。

「長井さんが写真をネタに脅されたと言っているんですが、それは本当ですか」

「マジでそんなこと言ってるんですか？　参ったなあ」

二階堂は、わざとらしく驚く小坂の表情をじっと観察している。

「女の子は難しいっすよね。こっちがそんなつもりで言ってなくても、過剰に反応しちゃうっつーか」

「では、長井さんの勘ちがいだと」

「うちは至って真面目な会社ですから」

ふたりのやりとりを聞きながら、瑞穂は部屋の中を観察する。

マンション全体の部屋数が少ない分、中は広い。ここ以外にも部屋はありそうだが、間取りがよくわからなかった。

「あちらにも部屋があるんですか」

二階堂が廊下の奥を見ながら訊いた。

「ありますけど、物置きみたいなものですよ」

「見せていただけませんか」

小坂の眉がぴくりと動いた。

「どうしてですか？」

「実は今日、長井夏帆と神谷桜良がこちらにうかがってるはずなんです」

「来てないですよ」

「それが本当かどうか確かめさせていただけますか」

「僕がどこかに隠してるって言うんですか？」

「その可能性もあると思っています」

怯む様子のない二階堂に、小坂が苛立ちはじめたのがわかる。

「失礼だな。今日は引っ越しの整理をするために来ただけなんですよ」

二階堂が引き下がらないとわかると、小坂は大きくため息をついた。

「わかりました。疑われるのは嫌ですから、どうぞ」

小坂の案内で奥にある部屋へ向かった。ドアを開けた途端、大きなベッドが目に飛び込んできた。ドラマを撮影するときに使うような機材も置かれている。

「こちらで撮影もするんですか」

「タレントの紹介動画のような簡単なものですけど」

すかさず小坂が答えた。まるでマニュアルで決められているかのような返答だ。聞くだけで怪しかったが、二階堂はとくに突っ込みを入れることもなく「ありがとうございました」とだけ言った。

瑞穂をちらっと見た二階堂は、視線を一瞬だけベッドの横のクローゼットに走らせる。

部屋を出た後、トイレや浴室なども見せてもらったが、どこにもふたりはいなかった。

「もうよろしいですか」

リビングに戻ると、小坂が不快さを隠さずに言った。これ以上捜すのは警察でもない限り難しそうだ。

「最後にうかがいますが、ふたりは本当に来ていませんか」

諦めかけている瑞穂の横で、二階堂がまだ食い下がる。

「来ていません」

イライラしたような口調の小坂は早く帰れと言わんばかりの顔をした。

「他に誰かお客さんは？」

「だから、僕もさっき来たばかりだと言ったでしょう。今日は営業していないんですよ」

「じゃあ、あちらにあるコーヒーカップはどなたが？」

二階堂がリビングの奥にあるキッチンを見ながら言った。シンクには、コーヒーカップがふたつ置かれている。瑞穂がすかさずキッチンへ走り、コーヒーカップに触れた。

「先生、まだカップが温かいです」

「それは……」

小坂が明らかな動揺を見せた。

「小坂さん。先ほどの部屋をもう一度、見せていただけませんか」

「なにもなかったじゃないですか。もうお引き取りください」

「見ていない所があったんです」

二階堂が瑞穂に合図を送る。

「おい！」

咄嗟に奥の部屋へ走り、二階堂が視線を動かした先にあったクローゼットに手を伸ばし、勢いよく引き戸を開けた。

「桜良！　夏帆ちゃん！」

クローゼットの中には、ふたりが手を縛られた状態で折り重なるように倒れていた。

一瞬、生きていないのではないかという思いがよぎったが、顔を近づけるとちゃんと息をしていた。眠らされているだけのようだ。

「いったい、なにをするつもりだったんですか？」

入ってきた二階堂がベッドを見ながら小坂を詰問した。

「彼女らを縛り、クローゼットに閉じ込めた行為は、刑法二二〇条の逮捕監禁罪に当たります。それに、桜良さんが顔に怪我をしている様子からして、逮捕監禁致傷罪にもなりますね。夏帆さんに細工をした水着を着せて胸が露出した写真を撮った行為は、児童ポルノ法で禁止している製造にも当たります。その写真で脅迫していたことも加えると、刑法二二二条の脅迫罪も加えないと。犯罪のオンパレードですね。ああ、忘れてはいけない。美顔器については特定商取引法違反もありますね。それから……」

後ずさりする小坂を睨みつけ、二階堂が指を折りながら話し続ける。

と、隙を見て小坂が踵を返し、廊下を走って逃げ出した。瑞穂は急いで後を追う。リビングで追いつきそうになると、小坂が積んであった段ボールを投げつけてきた。瑞穂は軽快に身体を左右に動かし、それらを避ける。

「くそっ」

投げるものがなくなった小坂は玄関へ走っていく。絶対に逃がすものか。廊下へ出た瞬間、瑞穂は小坂の足下に飛び込んでタックルした。

「うわっ」

両脚を摑まれた小坂が無様に転ぶ。

「痛てーな。なにすんだよ！」

我を忘れた小坂が瑞穂に摑みかかってきた。瑞穂はすかさず、摑まれた手を内側から回して逆に小坂の腕を取る。そのまま小坂の腕の内側の辺りに四本の指をぎゅっと押し込んだ。

「痛ててててて！」

小坂が叫び声を上げたのと、二階堂が「大丈夫か！」と叫びながら突っ込んできたのはほぼ同時だった。駆け寄ったつもりが、床で足を滑らせたらしい。ぶつかった反動で小坂と瑞穂は吹き飛ばされる。一番下になった小坂は顔面を思い切り床に打ち付けた。

両手で顔を押さえながらうめく小坂の髪の毛を摑んで、二階堂が低い声で話しだす。

「いいですか。あなた方のした行為は、人の純粋な気持ちを裏切る卑劣な行為です」

「…………」

小坂は鼻血を出しながら、声にならない声を発して鬼のような形相で二階堂を睨みつける。

「人の心を傷つけただけでは、犯罪には問われない。あなた方はただ一時のことと思ってやっているかも知れないが、一度傷つけられた人の心の傷は簡単には治りません。だから傷つけられた人間はその傷を一生背負って生きていくことになる。それがどれだけ苦しいことか、あなた方にはわからないでしょうね」

そう言って手を離した二階堂は、瑞穂が無事なことを確認すると、上着から携帯を取り出し、警察に通報した。


その日のうちに小坂は逮捕された。やって来た警官たちが、部屋に積まれた段ボールの中身も持ち返ったので、これまでの悪事が公になるのも時間の問題だろう。

二階堂が話していた知り合いだというテレビ局の女性記者も駆けつけた。彼女によると、報道が出れば多くの被害者が名乗り出て、過去の事件との繋がりも明るみに出るため、芋づる式に容疑者が逮捕されるだろうとのことだった。

桜良と夏帆も事情を聞かれることになり、瑞穂たちも警察まで付き添う。

取調室の前の廊下で待っていると、中から「長井さんのお母さんが、もう着くそうです」

という話し声が聞こえてきた。警察が夏帆の親にも連絡したようだ。

娘からなにも聞かされていないとしたら、寝耳に水で、さぞ驚いたことだろう。これをきっかけに少しは子どものことも気に掛けてくれればいいのだが……。

「夏帆ちゃん、ご両親とちゃんと話せればいいですけど……」

二階堂はちらっと瑞穂を見て、「彼女は青い鳥だから大丈夫だ」と言った。

「青い鳥？」

そのとき、廊下を走る音が聞こえてきた。カツカツと響くこの音はハイヒールだ。夏帆の母親だろうか。挨拶をしようと立ち上がった途端、瑞穂はうっと鼻を押さえる。

この匂いは……。

「二階堂先生！」

甘ったるい声が警察署の廊下に響き渡る。

近づいてくる女性は、二階堂を追い回しているあの奥さんだった。今日は厚化粧ではないので見た目は別人だったが、聞き慣れた声も、鼻がもげそうな香水の匂いもまちがいない。

なぜ、ここに？　まさかここまで先生を追って……？

すかさず、二階堂を守ろうと手を広げたが、すぐ後ろに離婚裁判中の旦那さんの姿も見えた。

「夏帆ーっ！」

戸惑う瑞穂の背後で取調室のドアが開き、聴取を終えた桜良と夏帆が出てくる。泣き叫ばんばかりのその声に、夏帆がハッとしたように足を止めた。

「長井夏帆の両親だ」

……え？

ぽかんとしている瑞穂に二階堂が平然と言い放った。

そういえば夏帆の名字はあの夫婦と同じ『長井』で、両親は離婚裁判中だとも言っていた。

「あの……先生は前からわかってたんですか」

「当たり前だ。まさか、君は今まで気づかなかったのか？」

気づかない方がバカだとでも言いたげな表情だ。

両親が揃って現れたことに、しばし呆然としていた夏帆だったが、堰《せき》を切ったように大声を上げて泣き出した。

「夏帆、ごめんね。あなたの気持ちをなにも考えていなかった」

そう言って抱き寄せられ、母親の胸で泣きじゃくる夏帆の背中を父親が優しく何度も撫でる。

そんな親子の姿に安堵を覚えつつも、どこか胸が締めつけられる。ふと、となりの桜良を見ると、その様子を寂しげな目で見つめていた。

「桜良にはわたしがいる」と言う代わりに、桜良の腕をしっかりと摑み、抱き締めようとすると……。

「やめて！」

桜良があわてて腕を引っ込めた。

「え？」

「今、アレやろうとしたでしょ」

「アレってなによ」

腕を庇《かば》うように後ろに回した桜良に訊く。

「おい、こんな所で騒ぐのはよせ」

二階堂が眉間に皺を寄せて注意してきた。

「だって先生、お姉ちゃんが痛いことしようとしてきたんです」

「痛いこと？」

「ここを指でぐっとやろうとしたでしょ」

桜良が肘の上の内側辺りを見せながら言った。先ほど小坂を痛めつけた部分だ。

そういえば子供の頃、桜良と喧嘩をしたときにやったことがあった。太陽が当たらない身体の部分は急所になるような弱いところが多くて刺激すると痛いのだ。

「あのね、この状況で、どうしてそんなことしなくちゃいけないのよ」

「お姉ちゃんは相手の状況とか関係ないもん。私が落ち込んでるときもヘッドロックしてきたりするし」

「それは、元気づけようとして……」

「そんなんで元気になんてならない！」

桜良の声が静まり返った警察の廊下に響きわたった。「しっ」と言おうとしたら、「ぷっ」と吹き出す声が聞こえた。

横を見ると、二階堂がお腹を抱えて笑っている。

「……？」

桜良も驚いたようで、姉妹揃って呆気にとられる。

「アイドルなんてやめた方がいいんじゃないか？　それより、姉妹でプロレスコンビでも組んだらいい」

苦しそうに笑いながら言う二階堂をふたりで睨んだとき、桜良が警官に呼ばれた。なにか言いたげな顔のままその場を離れる桜良を目で追いながら、二階堂に訊ねる。

「……先生はいつから、夏帆ちゃんがあのご夫婦の子だって知ってたんですか」

呼吸を整えながら、二階堂が答える。

「彼女が君の妹と初めて事務所に来た日だ。名前を聞いてもしやと思い、資料を見直してわかった」

「そんな早くに？　だったら、どうして教えてくれなかったんですか」

「言わなくてもわかっているだろうと思った。君は親に話すように彼女を説得すると言っていたし」

「それは……」

たしかにそうだが、美顔器の仕事に追われて、そのタイミングを逃していた。

「話を聞いた時点で、根底に親子の問題があるのは明白だった。だから、悪徳養成所を摘発すればそれで解決、というわけにはいかなかった。本来なら親と話し合いながら進めたいところだったが、夏帆さん本人の了承なしに親に相談すれば守秘義務に反する」

瑞穂も、夏帆と両親との間にある溝は気になっていた。

「以前、法律家は目の前の事件を解決して終わりではないと言っただろう。法律トラブルの根底には、必ず人間のトラブルがある。それを解決しない限りは、本当の意味での解決にはならない。もしも今回の件が片付いても、また同じことを繰り返してしまっては意味がないんだ」

荷物をカバンにしまいながら、二階堂は冷静に言葉を続ける。

「……すみません。夏帆ちゃんに話そうと思ってたんですけど、バタバタしてて、きっかけがなくて」

「君を責めているのではない。美顔器の件から攻めて養成所の摘発を先に済ませようと考えていたのだが、君の妹がここまで積極的に動くとは思わなかった」

「ホントに。周りのことなんて関係なく、思ったら即行動みたいなところがあるから」

「そういうところは、姉と同じだ」

そのとおりとしか言えない指摘に、反論のしようがない。

「……ありがとうございます」

礼を言う瑞穂に顔も向けず「褒めていない」と二階堂は抑揚のない声で答える。

「いえ、わたしたちのことじゃなくて。夏帆ちゃんのこと、そんなに考えてくれたんだと思ったら、なんだか……」

「君に礼を言われる覚えはない。僕は彼女の父親の代理人でもある。あの夫婦にとって、ひとり娘である夏帆さんが〝青い鳥〟になるとわかっていたから助けたんだ」

そういえば、さっきも〝青い鳥〟と口にしていた。

「〝青い鳥〟ってあの裁判のときの……？」

「童話の〝青い鳥〟は知っているだろう」

「はい。兄弟が行く先々で幸せの青い鳥を捕まえて持ち帰ろうとすると、その鳥がみんな死んじゃうって話でしたよね」

「そうだ。でも、家で飼っていたハトの鳥籠を見ると、中に青い羽根が入っていて、一番近くにいたそのハトが青い鳥だったことに気づく」

「そんな話でしたっけ……」

瑞穂は遠い記憶を探った。

「要は、幸せは必死に探さなくても身近な所にあるということだ。あの夫婦にとっての青い鳥、つまり幸せの鍵は一番身近にいる夏帆さんだったということだ」

夏帆と母親が寄り添っている姿を見て二階堂は頷き、夫婦の仲がどうなるかはまだわからないが、夫婦で娘のことを話すようになればなにかが変わるかも知れないと続けた。

「それにしても、今回は大きな仕事になったな」

「そうですね、芸能事務所が相手だなんて、なんだかドラマみたい」

「いや、そういう意味ではない。報酬のことだ。離婚裁判はまだわからないが、解決できれば、夏帆さんの件と合わせて成功報酬を受け取れるだろう」

「そうか、すごいですね！　一気に二件分も稼げるなんて」

「いや、それだけじゃない。なにより大きいのは美顔器の案件だ。ひとり当たり五万円としても、依頼人が二〇人だから一〇〇〇万は入ってくる。一〇〇〇万単位の仕事なんて、事務所が始まって以来だ」

「そうだった。よかったですね、先生！」

「よかったもなにも、夏帆さんの件も美顔器の件も、もとはと言えば君の妹がうちに相談に来たからだろう。そういう意味では、君の手柄だ」

もしかして、褒められた……？

「ありがとう。感謝している」

二階堂は瑞穂の肩に手を置いた。

「いえ、そんな……お礼なんて……」

二階堂にありがとうなんて言われたのは初めてだ。左肩に置かれた手のひらから、温かいぬくもりが伝わってくる。

「君の妹にも礼を言っといてくれ。僕は先に戻っている」

そう口にして、二階堂が瑞穂の肩から手を離し、歩き出した。すぐに後ろから「私がなに？」と肩ごしに桜良が声を掛けてきた。

「先生が桜良にもありがとうって言っといてって」

「なんだ、先生って結構いい人だね」

遠ざかっていく二階堂の背中を指差してあっけらかんと話す桜良の単純さに呆れてしまう。

「そうだよ、いい人なんだから」

そう返すと、「どうしたの？　急に……まさか、先生のこと」と裏返りそうな声で訊かれる。

「そ、そんなわけないでしょ！」

すぐに否定したが、さらに詰め寄ってくる。

「へーえ……」

「それより、早く帰ろ！　お腹空いちゃった」

顔が熱くなったのがわかり、話を逸らすと「そういうことか。ま、がんばれ！」とわけ知り顔の桜良に肩をポンと叩かれた。

ニヤリとこちらを見ながら、桜良が先に歩き出す。

別に、そういう気持ちなんてない、と瑞穂は思う。

「がんばることなんかなにもないよ」

そう言いながら、二階堂の手が触れた感触が残っている左肩を少しだけ触った。

第四条
二階堂は二丁目弁護士!?

「絶対に許せません！」

瑞穂の目の前にあるモニターの中で、主婦らしい女性が涙ながらに訴えている。その場の空気をつんざくようなその声はスタジオ中に響き、後ろの方で作業をしているテレビ局のスタッフたちも一斉に顔を上げた。

「私は娘と同じクラスの子どもがコンビニで万引きしたって聞いて、ＳＮＳで他のお母さん仲間にそれを伝えただけです。その子の母親はＰＴＡでえらそうに私の子育てがよくないとか言ったのに、自分の子どもの教育もちゃんとできてないから……。たったそれだけのことなのに、『歩くスピーカー』って侮辱されて。ひどくないですか⁉」

涙ながらにというよりは、怒りで涙まで出ているような様子でカメラの前に座る女性を見ていると、瑞穂は不思議な気持ちになってくる。

こんな大勢の人に、そんなプライベートなことを知られて、はずかしくないのだろうか。もしかしたら、それほど悩んでなどいなくて、ただ同情を集めたいだけなのかも知れない。そんな勘ぐりさえしてしまう。

悩みごとはひとりで抱え込まず、誰かに聞いてもらった方がいいとはよく言うけれど、不特定多数の人に個人的な悩みを聞いてもらうというのもどうなのだろうか。

「お話、よーくわかりました。それでは解決策をうかがってみましょう。二階堂先生、どうぞ！」

マイクを持った司会者が声高に叫ぶと、軽快な音楽と共に二階堂が登場した。いつもと同じで笑みひとつ浮かべずに、クールな顔でスポットライトを浴びている。着ているスーツはお気に入りのイタリア製だ。

普段とちがうことと言えば、ワックスできっちりキメた髪型だろうか。今風のおしゃれな感じで、テレビ受けはいいかも知れないが、いつものさらさらヘアの方が好きだと瑞穂は思った。

ここは都内の撮影スタジオだ。今日は生放送で放映されている情報番組に二階堂が出演するため、早朝から付き添っている。

「『たったそれだけのこと』ですか」

二階堂は小さくため息をつく。

「それはあなたも悪いですね。慰謝料を請求したいということですが、たとえ真実であれ、恨み目的で悪い噂を流す行為は、刑事上、『名誉毀損罪』になる可能性があります。だいたい、子どもたちにSNSの使い方を教える立場であるはずの大人が、安易にSNSにそういった書き込みをすること自体、考えが甘いというか、幼稚過ぎるというか……」

二階堂はいきなり相談者の批判を始めた。

司会者やADたちがあたふたしはじめるが、二階堂は表情ひとつ変えずに続ける。朝六時にスタジオ入りしたので、まだ眠いのだろう。見るからに不機嫌そうだった。

「せ、先生。その場合、請求はいかほどになるんでしょうか？」

司会者があわてて話を逸らす。

「金額よりまずは勝率ですね。論理的に計算して……五パーセント未満」

二階堂がいつものように指を宙に動かしながら言った。

「ず、ずいぶん低いですね」

「『女は口さがないもの』ということわざもあるように、一般的に女性は人の噂話をするのが好きです。『歩くスピーカー』と言われるのは、そういう噂話のひとつとも言えますから仕方がないでしょう。それに、先ほども言いましたが、相談者もSNSなどで相手の名誉を毀損したと、どうやらご自分でも自覚していらっしゃるようです。そうなると、損害賠償を請求しても、お互いに過失、つまり落ち度があるということになり、相殺《そうさい》されるでしょうね」

相談者がみるみる顔を紅潮させていく。

「さ、先に理不尽なことをしてきたのは向こうなのよ！　他のお母さんたちの前で私に恥をかかせて……」

「後か先かというのは関係ありません。そもそも不法行為というのはわざと、もしくは不注意によって人に損害を与えた場合、損害賠償請求ができる、というものです。そこから考えると、あなたの相手に対する中傷もそれに当たる可能性は十分あり、場合によっては……」

二階堂は相談者が泣きそうになっているのにも気づかず、熱く法律について解説しはじめてしまった。こうなったらしばらくは止まらない。瑞穂は深くため息をついた。

二階堂がテレビに出演するようになったきっかけは、一ヶ月前に新宿で受けた街頭インタビューだった。

その日は休みで、庭を掃除していると桜良が居間の窓から顔を出し、「お姉ちゃん、先生がテレビに出てるよ」と言ったのだ。

なにかのまちがいだろうと思いながら、縁側の外からリビングのテレビを覗き見ると、二階堂らしき男性がテレビに映っている。

箒《ほうき》を置いてテレビの前まで走り、見ていると、デニム姿に色鮮やかな緑色のダウンを羽織った二階堂がマイクを向けられていた。初めて見る休日モードの姿だったが、まちがいなく二階堂だ。

「なにかコメントを、と言われても、とくにないですね。アイドルの恋愛は、そんなに大騒ぎすることなんでしょうか」

いつものように無表情で答えている。どうやら、巷《ちまた》で大騒ぎになっている人気アイドルの熱愛報道について感想を訊かれているらしい。

ときどき事務所で前日に見たワイドショーの話をすると、瑞穂以上に芸能ネタに疎い二階堂はいつも興味がなさそうにしているし、ひどいときには無視されることもある。

そんな二階堂を知っているだけに、瑞穂にとっては、なんら違和感のない姿だった。

「いやー、久しぶりに見たけど、やっぱり二階堂先生ってイケメンだよね。お姉ちゃんが好きなのもわかるわかる」

数ヶ月前に二階堂の世話になった桜良もとなりで真剣に見ている。

「ちょっと！　別に好きじゃないから……」

「ほらほら、ちゃんと見てないと。先生また映るよ」

焦り出した瑞穂を制し、桜良は再びテレビに目をやる。瑞穂も気になるので、仕方なく口を閉じて画面を見た。

「――なるほど。では、アイドルも自由に恋愛すべきということですね。事務所やマネージャーの言う〝恋愛禁止〟なんてとんでもないと」

このままでは話が続かないと思ったのか、インタビュアーが明るい調子で強引にまとめようとすると、二階堂の表情が一変する。

「恋愛禁止？　事務所やマネージャーはそんなことを言っているんですか？」

眉間に皺を寄せ、インタビュアーに迫っていく。

「そう言っているということは、芸能事務所とアイドルとの間で『恋愛禁止』の条項がある契約を交わしているんでしょうか？」

「あ、いや……」

「過去に裁判があったかどうかはわからないが、もし、そういった契約が芸能事務所との間にあれば、それは守って然るべきだと思いますね。その契約を破り、故意に芸能事務所に損害を与えた場合は、一定の範囲で損害賠償をしなければならないのは当然でしょう」

「は、はあ」

「そもそもアイドルの熱愛発覚は、芸能事務所としては〝ファン離れ〟のきっかけとなり、さらに〝恋愛〟の内容によってはテレビやCM出演などにも影響する可能性があります。これは事務所にとって、大きな痛手です。そもそもアイドルをひとり育てるために、だいたい一〇〇〇万掛かると言われているんですよ。恋愛をきっかけに事務所を辞められてしまったら、それを回収できない恐れも……」

「な、なるほど。よくわかりました。コメントありがとうございましたー！」

インタビュアーはたじたじになりながらも無理やり話を終わらせた。最後の方は話がズレていた気がするのは瑞穂だけだろうか。

だが、ここで画面にずいっと再び二階堂が映り込んだ。

「あ、ひとつだけ言わせてください。もし『恋愛禁止』の契約がなければ、事務所がアイドルに対して損害賠償を請求しても、そうですね、恋愛内容にもよりますが、事務所側の勝率は、論理的に計算して……二〇パーセント」

二階堂がいつものように指を動かしながら勝率を言って、強引にドヤ顔を決めたところでテレビはCMに切り替わる。

瑞穂には、空中で指が〝20〟を描いたことがよくわかった。

「先生ってかっこいいのに、なんか天然っていうか、おもしろいよね！　あの指を動かすのってなんだったんだろう。でも、今いいタイミングでCMに入ったね。先生のキメ顔、ばっちり映ったもん」

となりで桜良が笑い転げている。

「そんなに笑わなくても。それにしても先生、必ず勝率まで言わないと気が済まないんだから……」

休日に、しかもこんなにどうでもいい話題で熱く語らなくたっていいのに、と瑞穂は苦笑したのだった。


とにもかくにも、その生放送が今のテレビ番組出演に繋がったのだ。稀《まれ》に見るイケメンということもあってか、視聴者の反応もすごかったという。SNSで話題になったのはもちろん、テレビ局へも「あのかっこいい人は誰ですか」と問い合わせが殺到したと聞いた。

インタビューの内容だけ聞けば明らかに変人でしかなかったのに、それがウケたらしい。

が、一緒に仕事をして数ヶ月が経ち、瑞穂はすでにそんな二階堂に慣れつつあった。仕事と関係のない雑談をしていても、すぐに法律の話と結びつけてしまうことなんて日常茶飯事で、しかも必ずと言っていいほど勝率を導き出してしまう。

だから瑞穂と二階堂の会話は嚙み合わずに終わってしまうことがしばしばあった。唯一、話が合うジャンルは、やはりスイーツの話だ。そういえば、あの日も新宿の百貨店で和菓子展があると言っていたような気がする。二階堂はおそらくそこに向かう途中だったのだろう。

二階堂は最初、テレビ局から依頼が来たときは断ろうとしていた。「テレビに出れば宣伝になって仕事が来ますよ」と瑞穂がいくら言っても「僕にあの人と同じことをさせるつもりか」と怒るだけだった。「あの人」とは二階堂の父親、城一郎のことだ。

城一郎は相変わらず、テレビに引っ張りだこで、最近は本まで出したらしい。事務所の近くの書店には、城一郎の真剣そうな横顔が表紙になった単行本が平積みされていた。

二階堂と城一郎の仲があまりよくないことは瑞穂にもわかっている。ホームレスの島田の一件が片付いた後も、それとなく城一郎や弟の隼人のことを話題に出してみたことはあったが、二階堂の返事はいつも素っ気なかった。

それに、事務所にあるテレビに法律について饒舌《じょうぜつ》に語る城一郎が映るやいなや、なにも言わずに消してしまうこともあった。「自分は法律で有名になりたいわけじゃない」と、いつか城一郎のことを引き合いに出して話していたこともある。

が、結局こうして頻繁にテレビに出るようになってしまったのには、断れなくなった理由があった。

「いたいた！　ミズポン！」

独特の鼻にかかったハスキーボイスが聞こえてきてギクリとする。

声の主は日向忠之《ひなたただゆき》という芸能事務所の社長だ。年齢は四〇代半ば。ヒラメのように離れた目と分厚い唇が特徴的な……いわゆるオネエである。

事務所には売れっ子と呼べるタレントがひとりもいないので、芸能界的には弱小事務所というのだろうが、二階堂は一ヶ月前からそこの顧問弁護士を務めていた。

顧問弁護士というのは、継続的に会社の法律問題について相談を受けたり、解決のためのアドバイスをする仕事だ。芸能事務所の顧問弁護士だと、契約書の作成や確認、タレントなどのトラブルの解決がメインの仕事となるが、他にもなにか事件が起きれば、弁護に立つこともある。

その場合、顧問料とは別に弁護士費用も支払われる。つまり、事務所の安定収入に繋がるおいしい仕事なので、普段依頼には慎重な二階堂も珍しくふたつ返事で引き受けたのだ。

他にも、日向の「ぜーったい二階堂先生にお願いしたいの。もうあの街頭インタビューを見た瞬間に運命を感じたんだから」という勢いに押されたというのもあったのだが。

「先生に出会わせてくれた神様が言ってるのよ、一緒に仕事をしなさいって。だって、普段はあの時間のニュースなんて見ないのよ。やっぱり赤い糸で結ばれていたんだと思うわ」

瞳をキラキラさせた日向のこの台詞を何度聞かされたことだろう。とにかくあの生放送の翌日に、事務所に電話を掛けてきて、顧問弁護士になってほしいと依頼してきた。その足で事務所に来て、二階堂と顧問契約を交わしてしまったのだ。

その数日後、日向の事務所の所属タレントが世話になっている情報番組で、コメンテーターとして出演していた弁護士が急用で来られないというハプニングがあった。そのとき一回だけという約束で二階堂を無理やりテレビ出演させたのだが、すでにネットで話題になっていたこともあり大反響で、すっかりプロデューサー側が二階堂を気に入ってしまったのだ。

番組側から二階堂への仲介を頼まれた日向の「うちの子たちがお世話になってるから、断れないのよ。お願い、二階堂先生！」という言葉に根負けする形で、あれよあれよという間に、レギュラーのひとりになってしまった。

それから出演番組が増えるのに時間は掛からなかった。ルックスと頭のよさも手伝って、さまざまな番組から声が掛かり、今撮影している情報番組の他にも二本レギュラーで出演している。

二階堂のスタンスとしては弁護士業務が第一なので、スケジュール的に断っている仕事の方が多いが、もし全部オファーを受けたら、城一郎に匹敵するほどの出演回数になるかも知れない。実際、出演している二階堂自身も楽しんでいる部分はあるようだった。

すっかり日向の思惑にハマったような気がしないでもないが、そんなことはお構いなしに、今日も日向は二階堂に熱い視線を送っている。

「……ちょっと〜、先生の今日のヘアスタイルなんなのって聞いてるのよ〜！　あれじゃあ、イケメンが台無しじゃな〜い」

日向に肩を叩かれ、瑞穂はハッとした。

「……朝来たときはあんな髪型じゃなかったので、ヘアメイクさんがやってくれたんだと思います」

また始まったと思いながら、たしかにそうだと頷く。二階堂のように鼻筋の通った端正な顔立ちは、さらさらヘアの方がよく似合う。

「『やってくれたんだと思います』じゃないでしょ」

日向は瑞穂の口真似をして唇を尖らせる。

「似合ってるかどうかをチェックするのもマネージャーの仕事よ！」

マネージャーじゃないですと言い返したかったが、一応は事務所のクライアントなので、ぐっと堪える。それに、最近の仕事の割合を考えるとマネージャーじゃないとも言い切れない。

今日のように早朝からテレビ局にスタジオ入りしたり、時には二階堂につきまとう女性ファンをうまくあしらったり、本来の仕事ではない部分で、かなり労力を使っている。ファンが増えたことで相談の予約や依頼が増えたのはうれしいが、出待ちのファンの応対やファンレターの整理をしていると、もやもやした気分にもなってくる。

なにより瑞穂の一番の悩みの種は、瑞穂のことを〝ミズポン〟と呼ぶ、この日向の存在だった。二階堂の熱烈なファンである日向は、なにをどう誤解しているのか、瑞穂に対して敵意を剝き出しにしてくるので、どうも苦手だ。

「あんたみたいにセンスのない女がマネージャーじゃ、先生もかわいそうね。私だったら、さらにイケメンに磨きをかけられるのに」

「そうなんですね」

瑞穂は適当に相槌を打ってその場をやり過ごす。

「きゃー、二階堂先生！　お疲れ様ですう〜」

そこへ収録が終わったのか二階堂がスタスタと歩いてきた。日向が声色を変えて出迎え、抱き着かんばかりの勢いで近寄っていく。が、ちょうどすごい早足で二階堂の後ろから髭《ひげ》を生やした大柄な男性が出てきて、勢い余ってぶつかった日向が弾き飛ばされてしまった。

「ったく、危ないな」

無様に転んだ日向に男性は舌打ちをする。

「日向さん、大丈夫ですか？」

瑞穂が声を掛けると、男は振り返って瑞穂にニッコリ微笑むと、会釈して去っていく。

「キー、なんなのよ。ちゃんと前を見て歩きなさいよ」

どう見ても前を見ていなかったのは日向の方だ。

「まあまあ」

「もうっ、ああいう人間にはなりたくないわ！」

日向は心底嫌そうに男の向かった先を見た。どうも嫌いな相手のようだと瑞穂は苦笑する。

「今の、あのウィンプロダクションの敏腕マネージャー、殿村宗行《とのむらむねゆき》よ。社長の右腕って言われてるわ」

「えっ、あの人が!?」

ウィンプロといえば、瑞穂でも知っている業界最大手の芸能事務所だ。大御所と呼ばれるような女優だけでなく、若手の女優やアイドル、モデルまで幅広く所属していて、中でも殿村が担当すれば必ず有名になるとまで言われている。

事務所では一マネージャーながら実質ナンバーツーとも噂されているらしい。瑞穂も打ち合わせなどで名前は何度も耳にしたことがあったが、実際に姿を見たのは初めてだった。

黒縁メガネに髭を生やし、派手なスカーフを巻いた、バブル時代を彷彿《ほうふつ》とさせるファッション。セーターもいわゆる〝プロデューサー巻き〟だった。

絵に描いたような業界人だが、なかなか渋くてかっこいいと思いながら後ろ姿を観察していたら、殿村がまたこちらを振り返った。ドキリとしたが、今度は瑞穂を見たわけではなかったようだ。そのまま、すぐに別のスタジオに入っていく。

「今、先生のことを見ていたような……」

瑞穂が言うと、日向がいきり立つ。

「先生のマネジメントをしようと狙ってるのかも知れないわ。ミズポン、先生をしっかりお守りしなさいよ。あの男は悪い噂だらけだから近づかない方がいいわ」

どうせひがみだと感じながら先ほど微笑みかけられたことを思い返し、瑞穂は満更でもない気分になる。二階堂はと言えば、眠そうな顔でこちらを向いただけで、あまり興味はなさそうだった。

帰りの電車で二階堂は席についた途端、目を閉じてしまった。少し前までの閑散期にくらべると今は信じられないくらいの忙しさなので無理はない。

テレビ番組の収録は週に三日ほどだ。それでも二階堂は収録中に空いた時間を見つけては、ノートパソコンを取り出して仕事をしている。夜もあまり寝ていないようだ。

新規の相談も最近では毎日ある。朝の番組に出るようになってからは主婦層からの依頼が一気に増えたので、以前とは依頼内容も変わってきている。

といっても相変わらず二階堂はなんでもかんでも引き受けるわけではない。これまでと同じく、相手の話をしっかり聞いた上で引き受けるかどうか決めているようだった。有名になっても、金さえもらえればいいという考え方には決してならない二階堂の姿勢を、瑞穂は素直に尊敬していた。もちろん仕事の量が激増することはないが、今の状況ではちょうどいい。むしろテレビの仕事と合わせれば、一杯いっぱいなくらいだ。

今日もこの後、事務所に戻って午後一番でイジメについての相談、三時からは騒音に関するご近所トラブルの案件が入っている。明日は朝から裁判もある。

いつの間にか瑞穂も残業が当たり前のようになっていて、ここ最近は家事もすっかり桜良任せになっていた。

「お姉ちゃん、アレはどうなったのよ」

九時過ぎに帰宅して、ひとり夕飯を食べていると、桜良がリビングにやってきた。

「え？」

「まさか忘れたわけじゃないよね。リョーちゃんのサイン」

とっさにトボけたものの桜良の方から言われてしまった。実は、家事をお願いする交換条件として桜良の好きなタレントのサインをもらう約束をしていたのだ。

この数ヶ月のうちに注目株になった芸人で、今度始まるドラマにも出演することになっているらしい。桜良は、知的だが少しクセのあるタイプが好きで、リョーちゃんはそんな桜良の好みのど真ん中だった。

「ごめん、やっぱり無理。先生が出る番組にその人出てきそうにないもん。代わりにおいしいものおごるから勘弁して」

「ダメー！　本人が出てなくても、ウィンプロのタレントは出てるでしょ。そこのマネージャーさんと仲よくなればいいじゃない」

「え？　リョーちゃんってウィンプロダクションなの？」

「そうだよ」

桜良は、そんなことも知らなかったの？という顔をして、ウィンプロダクションに所属しているミュージシャンや役者の名前を次々に挙げていった。みんな売れっ子ばかりだ。

今日まさにそのウィンプロの人間に会ったなんて言ったらチャンスだったのにと文句を言われそうなので、あわてて当たり障りのない返事をする。

「マネージャーさんと仲よくなるなんて無理だよ。それにだいたい、マネージャーと仲よくなったってタレントのサインなんてもらえないし。マネージャーにとってタレントは商品なんだから、ほいほい会わせてくれたりしないよ」

「えー、そうなの？　でもサインくらい」

「無理無理。だいたい、テレビ局なんて緊張するし、先生についてスタジオの隅に立ってるだけで精いっぱいなんだから」

　とはいえ、もしかしたら今朝会った殿村に頼めば、サインくらいなんとかしてくれるかも知れない。今朝のことを思い出し、一瞬そう思ったが、殿村に頼みごとをしたなんてことが彼を目の敵にしていた日向の耳に入ったら、どんなことを言われるか。これ以上日向にぎゃんぎゃん責められるのはうんざりだった。


　翌日、瑞穂は裁判で必要な専門書を買うために、家から直接、弁護士会館へ向かった。弁護士会館の中にある書店には法律関係の書籍が揃っているので、なにか本を探す必要があれば、まずそこに向かうようにと二階堂から言われている。

　頼まれていた専門書を探そうと店内に入ろうとすると、となりの文房具屋のお姉さんに呼ばれた。

　いつも名刺を頼むので顔は覚えられているだろうが、とくに親しいわけではない。なんだろうと思いながらそっちへ行くと、ニヤニヤしながら「見たよー」と言われた。

「ああ、ありがとうございます！　あの番組、結構評判で……」

　てっきり昨日のテレビのことかとお礼を言おうとすると、「ちがうわよー！　びっくりしたじゃない。あれ、本当なの？」と、好奇心も剝き出しに訊ねられる。

「え？」

「そりゃあ、二階堂先生きれいな顔してるから、まあ、それほど意外ではなかったけど、相手がちょっとね。同じイケメンなら絵になったのに」

「あの、すみません。なんの話ですか？」

「えっ、本当に知らないの？　今日発売の週刊誌よ」

再び訊ねた瑞穂に、お姉さんはうれしそうに詳細を話し出した。


あわてて裁判所の地下にあるコンビニまで走る。雑誌コーナーへ行き、教わった週刊誌を摑み取る。急いでページをめくると……。

『イケメン弁護士、深夜の抱擁《ほうよう》のお相手』

そんなタイトルで、二階堂と日向が抱き合っている写真がモノクロで何枚か掲載されていた。明らかに隠し撮りで、二階堂の右腕に日向が身体をぴったりと寄せていたり、まるで恋人同士のように笑顔で見つめ合っている様子が載っている。

極めつけは二階堂が今にも日向に唇を奪われそうな瞬間を写した写真だった。二階堂にソッチの趣味はないと瑞穂にはわかるが、初めて見た人にふたりが恋人同士だと思わせるには十分だ。

よく見ると、後ろには高級クラブらしき看板が映っている。そういえば先週、日向が事務所に来たとき、銀座で飲みましょうよと、しつこく誘っていた。あの夜に撮られたものだろうか？

いずれにせよ、早く二階堂に知らせなければ。瑞穂はタクシーを捕まえて急いで事務所へ向かった。


「急に抱きつかれたんだ」

事務所でパソコンに向かっていた二階堂は、駆け込んできた瑞穂が左手に握りしめた週刊誌をちらっと見て、大福を食べながらぶっきらぼうに言った。

まだなにも言っていないのに、二階堂は記事のことを知っているらしい。瑞穂が困惑していると、週刊誌に出ることは昨夜、出版社から電話があり、知っていたという。

「どうしてそんなに冷静なんですか！　週刊誌に載っちゃったんですよ。知ってたなら、どうして止めなかったんですか？」

捲し立てる瑞穂に二階堂は普段と同じクールな表情のまま口を開く。

「君は弁護士なら、なんでもできると思っているのか？　昨日の段階で本はすでにできあがり、各書店へ送られている。彼らが連絡してくるのは事実上、販売を止められないとわかっているからだ」

そういえば、有名人のスキャンダルが出たときも、掲載の前日に連絡が来て知ったというワイドショーでのコメントを見たことがある。

「でも、本人に事実かどうかを確かめもせず記事を載せていいんですか？　名誉毀損で訴えた方が……」

「無駄だ。仮に訴えても、本の売り上げによる利益の方が損害賠償で支払う損失よりも大きい。向こうとしてはなんの問題もない」

芸能界の裏側を知って、なんとも言えない気持ちになる。が、そう簡単に泣き寝入りしてもいいのだろうか？　ましてや二階堂は弁護士なのに。

「先生、これはどう考えてもイメージダウンですよ。やっぱり名誉毀損で……」

これでは記事を見た人に、二階堂と日向が特別な関係のように思われてしまう。

「君はオカマに偏見でもあるのか」

二階堂は少し軽蔑するように、瑞穂をちらっと見た。

「それはないですけど……」

「泥棒や殺人犯と書かれたわけじゃあるまいし、大騒ぎするだけ時間の無駄だ。それにこんな雑誌、毎週出るんだから、すぐに忘れられる。さっさと仕事をしろ」

そういうことを言っているのではないのだが、うまく伝えられず歯痒《はがゆ》くなる。

だが、二階堂の予想に反して、さらなるスキャンダル記事が週刊誌をにぎわせることになった。

「なんでこんな写真が今さら流出するんだ」

二階堂はわけがわからないといった感じで眉間に皺を寄せ、机の上に週刊誌を投げ置いた。先週と同じ週刊誌の表紙には『噂のイケメン弁護士、動物園で誓った愛』というタイトルが躍っている。

今回の記事に、二階堂の相手として登場したのは、またしてもオカマだった。が、二階堂のとなりでフラミンゴをバックにカメラ目線でピースサインを作っているキャサリンという名のオカマはかなりの美人で、どう見ても女にしか見えない。

ただ、「先生に弄ばれて捨てられた」と訴えている現在の写真は力士かと思うほど太っていた。

「キャサリンもずいぶん変わったな」

二階堂はその変貌ぶりに淡々と感想を漏らし、瑞穂は大きくため息をついた。

「キャサリンって……。これ、いつの写真なんですか？」

「まだ、弁護士になったばかりの頃だ。彼女は僕が初めて担当したクライアントで、店に行ったとき、たまたま僕の席について相談されたのがきっかけだった」

二階堂は懐かしそうに目を細めた。

「席についてって、先生、こういう人が働いてる店によく行くんですか？」

「君の言う〝よく〟がどのくらいの頻度を指しているのかわからないが、新宿二丁目や夜の店は多くの人が出入りしているから情報の宝庫だ。必要なときは行く」

「じゃあ、仕事で？」

「そうだ。夜の店に出入りしているということは、金回りがいいということでもある。詐欺や闇金の情報が手に入りやすい。そもそも君は、振り込め詐欺などの特殊詐欺による年間の被害額はどのくらいだと思う？」

　話題が飛躍し、突然の問いに瑞穂は考え込む。正直、見当もつかない。

「総額四〇〇億円以上と言われている。そういう金の一部は、夜の世界で出回る。だから、店の女の子から、急に羽振りがよくなった客の話とか、最近頻繁に出入りするようになった客についてうまく聞き出すんだ」

「へえ」

　弁護士は、そういう手段で情報を集めるのか。事務所で本ばかり読んでいる二階堂しか見たことのない瑞穂は、意外な気がした。二階堂は夜の店を訪ね歩いたり、人に会ったりして情報を得るようなことはしないだろうと勝手に思い込んでいたからだ。それに、やっぱり女性には興味がないのではと思ったが、口に出すと怒られそうだったのでやめた。

　二階堂の若い頃の写真に改めて目を遣ると、本当にかっこいい。今よりも少年っぽさはあるが、短めの髪型と合わせると、男性誌のモデルのようにも見える。それにしても、なぜ、動物園でのツーショットなのだろうか。

　モノクロで見にくいが、見出しにあるとおり掲載されている写真は、ふたりがライオンやキリンなどの動物たちと一緒に記念撮影をしたものばかりだ。

　キャサリンが満面の笑みを浮かべているせいで、真顔の二階堂が目立ってしまっているのがなんともおかしくて瑞穂は思わず笑ってしまう。

「先生って、ライオンと写真を撮るときも真顔なんですね」

「とくに興味がないだけだ」

　二階堂がムッとしたように答える。

「でも、なんで動物園なんて行ったんですか？　やっぱり仕事じゃなくてデートだったんじゃ……」

　普通の恋人同士にも見えるその写真に、つい個人的な興味が湧いてしまう。が、二階堂は即座に否定した。

「ちがう。打ち合わせに指定された喫茶店が、この動物園の近くだったんだ」

「じゃ、どうして動物園に？」

「それは……優待券があるからと強引に誘われて……」

　言葉を濁すのを見て、日向のときと同じように押しに負けたのだとなんとなく気づく。

「あのー、これがきっかけで付き合ったなんてことはないですよね？」

「僕は至ってノーマルだ。ソッチの趣味はない。それに、この依頼は結局、仕事にはならなかった」

「へ？」

「話をよく聞いてみると、当時、僕が所属していた事務所で引き受けるほどの内容じゃなかったんだ。というよりも、むしろ弁護士をつけるような話ではなかった」

「それって、先生とデートしたかっただけじゃないんですか？」

「今となってはもうわからないが」

淡々と話す二階堂に、瑞穂は首をひねる。

「でも、なんでそんな写真が今、出たんでしょうね。先生、二丁目で恨みを買うようなことをしたんじゃないですか？」

「するわけがない。二丁目は人の繋がりが強いから、悪いことをすればすぐに広まる。なにかして恨みを買えば、店の人間から情報を聞くなんてことは難しくなる。それに……」

「先生、もう思い切って『異議ありだわ！』とか言ってオネエ系弁護士を目指したらどうですか」

笑いながら言った瑞穂の言葉は完全に無視された。

そのとき、事務所の電話が鳴った。話の途中ではあったが瑞穂は受話器を取る。

「はい、二階堂法律事務所でございます」

「二階堂先生はお出かけですか？」

男性なのか女性なのかよくわからない声がした。

「失礼ですが、どちらさまでしょうか？」

電話の向こうでくっくっと笑う声が聞こえる。

「あの、もしもし？」

「先生は今日も二丁目ですか？」

「は？」

電話はすぐに切れた。

「どうした？」

二階堂が瑞穂の様子を見て訊ねる。

「イタズラ電話です。先生は今日も二丁目ですかって」

「そうか。テレビや雑誌など露出が増えればそれをおもしろく思わない人もいる。世の中、暇な奴がいるものだ」

二階堂は気にする素振りも見せないが、瑞穂はなんとなく釈然としない。

「……テレビに出るって大変なんですね」

「テレビ局や視聴者は、弁護士と聞けば法律のことはなんでも知っていると思って質問してくるからな」

「そういう意味で言ったんじゃないですが、それもそうですね。でも、わたしも今までそう思ってました」

「医者に専門があるように、弁護士にもそれぞれ得意分野がある。ただ、弁護士は〝専門〟を謳《うた》うことができないから厄介だが」

そういうものなのかと納得するが、それでもテレビでなんでもスラスラと答えているように見える二階堂はやはりすごい。それにイタズラ電話くらいではまったく動じない様子にも感心してしまった。

「誰か仕掛け人がいるわね」

数日後、番組の撮影が終わり、スタジオから控え室へ向かう途中で会った日向は、挨拶もせず怒りも露わに話し掛けてきた。

「仕掛け人？」

「あの週刊誌ネタのことよ！」

「ああ……。でも、あんな風に騒ぎ立てて、なにが目的なんでしょう。まるで先生がオカマ好きみたいに……」

「ちょっと！　オカマを悪く言うなんてひどいじゃない」

さすがに日向の前では失礼だったと、あわてて「ごめんなさい」と謝ったが、状況的には先生は完全な被害者だ。今や、ネット上で「二丁目弁護士」という不本意なあだ名をつけられているだけでなく、週刊誌のネタ以外にも記事の写真をコラージュして、オネエタレントとカップルに仕立てあげられた画像が出回ったりと、営業妨害になりかねない状況が続いている。

今のところは依頼が減ったということもないし、相談の予約も相変わらず埋まっている。だが、事務所へのイタズラ電話は増える一方だった。瑞穂の心労は日に日に大きくなっていたが、当の二階堂は相変わらず気にも留めない。

廊下のソファに座って、イタズラ電話の話をすると、「やーねー！　そういう陰湿なことをする人間は大嫌いよ」と日向が感情を昂《たかぶ》らせながら叫ぶ。

「日向さん、もしその仕掛け人がいたとして、誰か心当たりありますか？」

「あったら、今頃八つ裂きにしてるわよ！　ああいう風に昔のネタをわざわざ引っ張ってきて載せるなんて、誰かが二階堂先生を貶めようとしているにちがいないわ！　私、そういう勘だけは鋭いんだから！」

どんどんボリュームが大きくなっていく日向の声に、瑞穂はくらくらしていた。

「なにを大声で話しているんだ」

そこへ撮影を終えた二階堂が戻ってきた。

「先生！　大丈夫ですか？　誰かになにか言われたりしませんでした？　もしそんな輩《やから》がいたら、私が……」

「噂話が好きな人間は一定数います。僕の方はとくに問題ないので、心配は無用です」

「でも……。そうだわ！　先生、しばらくこの子を借りてもいいかしら。今回の騒動の仕掛け人を捜させたいの」

日向はいつになく真面目な顔になった。

「えっ！」

「いいですよ」

二階堂があっさりと言った。

「でもわたし、仕事が……」

「今日の収録が終わればそれほど忙しくないはずだ」

レギュラー出演している番組の時間帯に特番が入るので、来週の収録はいったん休みだ。事務所の仕事もそこまで詰まっていないので、久しぶりに定時に帰れそうだと思っていたのに。

瑞穂が不満そうな顔をしていると、「あ！」と日向が声を上げた。視線の先に目を遣ると、黒縁眼鏡の殿村が歩いてくる。そのまま通り過ぎるかと思いきや、突然立ち止まった。

「こんにちは、二階堂先生。ああ、マネージャーさんもいつもうちのタレントがお世話になっております」

瑞穂の方にも殿村はわざわざ頭を下げたので、マネージャーではないが、「こちらこそ」と瑞穂もペコリとお辞儀をした。

「最近ご活躍のようで、毎日のように拝見していますよ。……もっとも出ているのはテレビだけではないようですが」

最後の方は髭を撫でながら心配そうな顔になる。

「それは、どうもありがとうございます」

二階堂が事務的に答える。

「番組では、うちの新人タレントもご一緒させていただいてますが、お手柔らかにお願いしますね」

殿村はそう言って、そのまま楽屋に入っていく。

日向は「なにあの失礼な言い方！　私の大事な二階堂先生に!!」と大騒ぎしたが、二階堂はその後ろ姿をそのまま見つめていた。

その夜から日向との二丁目通いが始まった。日向は情報収集をして、今回のネタを出版社に持ち込んだ犯人を探すつもりらしい。

瑞穂は新宿二丁目には行ったことがない上に、日向のような人間がたくさんいると思うと憂鬱な気分になったが、「二丁目は情報の宝庫」という二階堂の言葉を思い出し、自分を納得させた。

「まずは腕ならし」と言う日向について、最初は日向の行きつけという店に入った。薄暗い、縦長の狭いこぢんまりした店で、だいぶ年季の入った、時代を感じさせる内装だ。

「あらー、日向じゃない。今日は女と一緒？　珍しいわねー」

店のママだろうか、髪を結い上げた貫禄のある人から気さくに声を掛けられる。テーブル席に通され、店を見わたすと、客はサラリーマン風の男が多く、あちこちの席からオカマと一緒に大笑いする声が聞こえてくる。なんだか楽しそうだ。

女の客はいないと思っていたが、意外にもちらほら若い女性の姿も見える。せっかく来たんだから、なにか情報を仕入れなくてはと自分に気合いを入れた。

「あの……わたし、日向さんとは仕事の付き合いで……」

仕事で来ていると言えばなにか教えてもらえるかも知れないと思い、席についたホステスに話し掛けようとすると、

「あら、お姉さん、きれいな二重ね。もしかしていじってる？」

と先に声を掛けられてしまう。

「えっ？　い、いえ」

瑞穂が突然の質問に戸惑っていると、

「スタイルもいいわね。いい補整下着あったら教えて」

と興味津々に次々、別の人に話し掛けられる。

答えられない瑞穂とは対照的に、日向は席に付いたふたりのオネエたちと整形や体型維持の話で盛り上がっている。三人の容赦ないあけすけな話に圧倒されているうちに、瑞穂のオカマバーデビューは終わってしまった。

「はあ……」

店の扉を閉めながら、雰囲気に呑まれて、なにも聞き出せなかったと瑞穂はため息をついた。これではなんのために来たのかわからない。

「なーに落ち込んでるのよ。初めてなんだから仕方ないじゃない。それに会ってすぐに情報が聞き出せるほど、オカマはガードが甘くないのよ！　まずは雑談しながら、徐々に仲よくなるの。話はそれから。さ、もう一軒だけ行ってみましょ」

日向が肩を叩きながら励ましてくれる。二丁目には二丁目の流儀があるのかも知れないとわかったが、どうやら、今夜だけでは終わりそうもないことに気づき、複雑な気持ちになった。

初日は案の定、収穫がなかったが、「継続が大事！」という日向の言葉を信じ、翌日も二丁目へ向かう。

足を運んだのは昨日と同じくオカマバーだったが、昨日の店よりは少し広めで、もてなしてくれるオカマたちも、昨日よりは穏やかな印象の人が多い気がした。

同じ失敗は繰り返すまいと、日向のアドバイスどおり最初は互いのことを話しながら、状況を見て二階堂の話をさりげなく出してみた。

「知ってる知ってる。イケメン二丁目弁護士でしょ。ヒナピーが羨ましいって話してたのよ。私もあんな人と写真、撮られてみたーい。ねえヒナピー、どこで知り合ったのよ！」

気づけば、周りの席にいた人たちも巻き込んで、日向が二階堂について根掘り葉掘り聞かれる羽目になり、結局聞き込みどころではなくなってしまった。

他にも二軒回ることはできたものの、瑞穂たちが知っている情報以上の収穫はなかった。


「君はオカマに好かれそうなタイプだと思ったんだがな」

二階堂に愚痴を交えながら「とくにめぼしい情報はありません」と途中経過を報告すると、そんなことを言われた。

「それ、どういう意味ですか？」

「言葉どおりだが」

相変わらず失礼だ。やっぱりオカマバーで情報を聞き出すのは無理なんじゃないか。そんな風に気落ちしている瑞穂を二階堂がちらりと見た。

「二丁目と夜の店のちがいはなんだと思う？」

「え？　……迎えてくれるのが女の人かオカマかのちがいですか？」

「そうじゃない。六本木や歌舞伎町の夜の店は、情報を聞き出すのは一見《いちげん》でもできる。とくに男が行って金を使えば簡単だ。だが、二丁目はちがう。何回か通って仲よくならないと、なかなか腹を割って話してくれない。その点、今回日向さんが一緒なのはかなり情報を得やすいと思う。足を使ってひたすら通うことが大事なんだ」

なるほど、初日に日向に言われたことと同じだ。二日ダメだったくらいでめげているわけにはいかない。ここまで来たら、二階堂のネタを売った奴を見つけて、ひと言文句でも言ってやらないと気が済まない。

瑞穂は「もう少しがんばってみます」と拳を握りしめて返事をした。


その後も毎日は無理だったがタイミングを見て日向と足を運ぶうちに、なんとなく瑞穂にも二丁目がどういう場所かわかってきた。

瑞穂が二階堂に言われたことを伝えると「やっぱり先生はわかってるわ〜」と感心しながら、「まずはひととおり関係をつくるために、いろいろな店に行ってるのよ」とウインクを返された。

それからもいくつもの店に何度も通いながら、新しい店にも顔を出すというようなことを続けるうちに、瑞穂もいつの間にか楽しくなってきていた。

やっぱり外から見ているだけでは街のことはわからない。だんだんふたりが顔を出しただけで喜んでくれるオカマのママもでき、街に受け入れてもらえた気がして少しうれしかった。

「今日は本命よ」

二丁目に通い始めて一ヶ月ほど経った夜、日向が初めて〝本命〟という言葉を口にした。

「あれ？　このお店ですか？」

そこはすでに二回来ていた『ファムファタル』という店だった。たしか前回来たときは、大した話も聞けずに帰った記憶がある。

地下へ続く階段を下りると、照明が一気に暗くなった。

「ここはいろいろな人たちが集まる店なの。時間帯や曜日によって、全然、客層がちがうのよ」

日向が足元に目を凝《こ》らしながら、解説してくれる。

「とくに、今日はマルちゃんがいると思うから有力だと思うわ」

「マルちゃん？」

瑞穂が聞くと、日向は意味深に笑うだけだった。

「こんばんは」と店に入ると、「日向さん！」とホステスたちが歓迎モードで迎えてくれる。

「お久しぶりね」

すると店の奥から、着物を着た風格のあるホステスが歩いてきた。

「あらマルちゃん、しばらく見ないうちにまたきれいになったんじゃない？」

この人がマルちゃんか。醸し出す雰囲気がベテランというか、なんでも話せそうな懐の深さが漂っている。

日向は慣れた様子で親しげに挨拶した。カウンターに通された後は、いつものようにまずは日向がなんてことのない話をしながら、テーブル付きのオカマと距離を詰めていく。しばらくすると、「今日は可愛い連れがいるのね」とマルちゃんが瑞穂たちの席にやってきた。

マルちゃんは瑞穂のとなりに座ると、腕を絡めてくる。ボブにカットしたストレートの黒髪がつやつやしていて、今まで会ったどのオカマよりも優しそうな雰囲気だった。

「お姉さん、身体鍛えてる？　腕に筋肉がついてるけど」

と、マルちゃんが急にびっくりした顔になる。

「あ、毎日筋トレしてて……」

瑞穂の筋肉をつつくマルちゃんの声を聞きつけた他のオカマたちも「触らせて」と寄ってきた。

「ホントだ！　ついてるついてる！」

「強そ〜。かっこいいい！」

あっという間にオカマたちに囲まれてしまった。これまで話の中心になるのは、ほとんどが日向だったが、今日は瑞穂が質問攻めに合う。

「女もただ細いだけじゃダメなのよ。筋肉がついて締まってないと」

「理想的な身体ね」

日頃の筋トレが功を奏して、瑞穂はすっかりオカマたちに気に入られたようだ。

「ミズポン、やるじゃない。その調子で次はもう一度、マルちゃんのところに行くわよ。あの人は二丁目イチの情報通なんだから」

日向は耳元でそう囁くと、ちょうどカウンターでマルちゃんがカクテルを作り出したタイミングを見計らって、グラスを手に近づいていく。瑞穂はマルちゃんの姿がいつの間にかなくなっていたことにさえ気づいていなかった。

店内は適度に客が入っていて、それぞれの席にホステスが付いていてにぎやかだ。

カウンターに着き、二階堂の名前を出すと、マルちゃんはすぐに食いついた。

「あー知ってるわ。かっこいい弁護士が出てきたわねって、ここでも話題になってたのよ。そんなときに日向さんとの記事でしょ。私たちも狙おうかしらってかなり盛り上がってたのよね。もう本当に羨ましいんだから～！」

それから、マルちゃんは二階堂と動物園に一緒に行っていたキャサリンのことを話しだす。昔はとびきり美人だったとかで、この業界ではかなりの有名人らしいが、最近は自称青年実業家の男に金を貢いだために多額の借金を抱えてしまい、つい最近まで働きどおしだったという。マルちゃんによると、激太りもそのストレスらしい。

「その借金を、ウィンプロが立て替えてあげたって話よ」

「ウィンプロ？」

急にひそひそと話しはじめたマルちゃんの言葉に、思わず身を乗り出してしまう。

なんでここでその名前が出るのだろう。いぶかしがる瑞穂が口を開く前に、日向が頷いた。

「やっぱりあそこが絡んでいたのね」

「え？　どういうことですか？」

マルちゃんもうんうんと頷いているので、どうやらわかっていないのは瑞穂だけのようだ。

「夜の世界では知ってる人も多いんだけど、昔、吉田《よしだ》っていう歌舞伎町では有名なホストがいたのよ。その人がウィンプロの殿村なんじゃないかって噂があるの。名前はちがうんだけどね」

マルちゃんはぐっと顔を近づけて囁くように言った。

「その話、私もちらっと聞いたことはあったけど、本当なのかしら」

日向は半信半疑の様子だ。

「殿村は今でも女癖が悪いことで有名で、女を取っ替え引っ替えしてるのよ。ホスト時代の吉田も似たような感じだったの。まあ、吉田は自分に貢がせていたようだけど」

貢がせるために売春までさせたという噂もあったとマルちゃんは続けた。

「ひどい！」

思わず、瑞穂の拳に力が入る。

「でも、吉田はあるとき逮捕されたの」

「逮捕!?」

「ずっとそんな風に貢がせたり女を売ったりしてたから罰が当たったのよ。ある女が被害届を出して裁判になったんだけど負けて刑務所に入ったのよ」

「へえ！　そんなことがあったんですね」

「でも、こんな話、業界では御法度《はっと》よね。もし殿村に目をつけられたら怖いのよ。あいつはあいつで黒い噂もあったりするし。だからここだけの話にしといてね」

マルちゃんは人差し指を唇に当て、今さら辺りを窺うようにきょろきょろする。

「黒い噂って？」

瑞穂は食い下がったが、「まあ、いろいろとね」と曖昧な答えしか返ってこなかった。

「ラブちゃん、こっちに氷持ってきて」

マルちゃんがカウンターの奥に向かって声を掛けた。うまくはぐらかされたと思いながら、瑞穂も同じ方向に目を動かして息を呑む。

そこには遠目からでもわかる、かなりの美人がいた。あまりのきれいさにドキリとして目を逸らしてしまう。

「日向さん、あれ誰ですか？　あの、奥の髪をアップにした人」

瑞穂が小声で訊くと、「ああ、ラブちゃんね。きれいでしょう？」と日向は得意げに答える。

紫色のタイトなドレスが似合っていて、足が長くてスタイルもいい。女の人――オカマではあるが――を見て胸が高鳴ったのは初めてだった。

そうしている間に、ラブちゃんが氷を持って近づいてくる。

間近で見ても、本当にきれいだ。透明感のある肌に妖しい魅力を湛えた大きな瞳。女性だと言われてもまったく違和感がない。その、なにを考えているのかわからないような視線と、身体中から醸し出される色っぽさに、女の瑞穂でも参ってしまいそうだった。

瑞穂の視線に気づいたラブちゃんは、氷を置くと、口元に微かな笑みを浮かべてカウンターに戻っていった。


やっと二階堂に報告する内容があると、翌朝はりきって出社した。さっそく昨夜、二丁目で得た情報を伝える。

「それは知っている。本当のことだ。ちなみに、その裁判で吉田……いや、殿村の弁護をしたのが僕だ」

「えーっ！　先生、知ってたんですか⁉　殿村を弁護してたってどういうことですか？どうして教えてくれなかったんですか？」

「質問はひとつずつにしてくれ」

いつもと変わらぬ冷静な返答に一瞬我に返ったが、状況が飲み込めず、二階堂の言葉を待つ。

「隠していたわけじゃない。最初にスタジオで会ったときは、あまりに外見が変わっていて気がつかなかったんだ」

「外見？」

「今は髭面で眼鏡姿だが、昔は金髪で肌も黒くて着ているスーツも白……まあ、いわゆるホストそのものだった。それに、僕が弁護をしたときと名字もちがっていた」

女性でもないのに名字が変わるというのはどういうことなのだろうか。

「調べたところ、吉田がホストをしていたときの客に、殿村という資産家の未亡人がいたらしい。裁判のあと、うまく取り入って養子に入ったようだ」

「刑務所に入る前ですか？」

「いや、吉田は刑務所には入っていない。執行猶予がついたんだ」

「えっ、そうなんですか」

たしかにマルちゃんは〝刑務所に入った〟と言っていたのだが。

「人の噂だ。尾ひれがついて伝わったんだろう」

「じゃあ、そのあと芸能事務所に入ったってことですか？」

「事務所に入ったのも、どうやら客のコネを使ったらしい。だが、あの裁判から数年しか経っていないのに、これだけ早く芸能界で幅を利かせられるのは殿村の才能もあったからだろう。ああいう奴は、女の扱いだけはうまいからな」

「先生は殿村の弁護をしたってことですよね？　殿村から頼まれたんですか？」

「いや、以前いた事務所に弁護を頼んできたんだ。まあ、それも、ホスト時代に可愛がられていた客のツテで紹介されたってとこだろう」

「あの、吉田……殿村はどんなことをしたんですか？　女の子を売ってた、とか売春をさせてたってことをちらっと聞いたんですけど」

二階堂は「守秘義務があるが、君はもう事務所内の人間だからな」と前置きして話しはじめた。

殿村、つまり当時の吉田は昔、歌舞伎町で人気ナンバーワンと言われるホストだった。だが、客を騙して無理やり売春行為をさせた上に、それを盗撮して無修正の映像を販売し、利益を得ていたらしい。

「ひどい……」

被害者のひとりが親に相談したことで事件が発覚し、吉田は名誉毀損罪、公然わいせつ罪などで逮捕されたという。

「警察で吉田に直接話を聞くと、『俺は売春も盗撮もしていない。無罪を主張する』と言った。僕は『証拠を見る限り、その主張は難しい。事実関係を認め、刑を軽くする主張をすべきだ』と説得した」

「そんな犯罪者を弁護するなんて、わたしには絶対できない」

思わず口をついて出た言葉に、二階堂は黙り込んだ。

「す、すみません。弁護士がそういう仕事だってことはわかっているんですが……」

出過ぎたことを言ったと焦ったが、二階堂は何事もなかったように話を続けた。

「とにかく、吉田は自分が無罪だと言い張った。でも、吉田の置かれた状況がよくなかった」

「状況？」

「女性を盗撮していただけなら大した罪にはならないから、示談して不起訴にする方法もあっただろうが、その動画を販売していたことが致命的だった」

「…………」

「吉田の申し出どおり無罪を主張して戦ったものの、そんな状況だったから厳しかった。勝率としては論理的に計算しても数パーセントもなかっただろう。が、なんとしても不起訴か無罪にしろ、という事務所の指示もあった」

「……法律事務所がそんなことを言うんですか」

「それは、ビジネスだからな」

「ビジネスって……」

二階堂は瑞穂の言葉に答えずに、話を続ける。

「まずは不起訴にするために、被害者の女性との示談交渉をした。……でも結局、交渉はうまくいかず、吉田は裁判で無罪にもならず有罪になった。が、あの裁判では執行猶予を勝ち取っただけでも十分なインパクトはあった」

二階堂はいつになく煮え切らない表情を浮かべていた。

「だが当然、無罪を主張していた殿村にとっては満足できる結果ではなかっただろう。殿村が今でも僕を恨んでいてもおかしくはない。この一連の記事も、その恨みと考えれば説明がつく」

「……でもそれって、逆恨みってことですよね？　自分が悪いことした癖に……」

ガタッと背後のドアの方で物音がした。二階堂が目を見開いてドアに駆け寄り、勢いよく開ける。そこには日向が立っていた。身体がぶるぶる震えている。

「最低だわ！　殿村の過去を公にしてやりましょう！」

日向は険しい表情のまま怒りをぶつける。

「日向さん!?　どうしてここに？」

「昨日のことで、先生と今後の方針を相談しようと思って来たのよ。そうしたらなんだかシリアスな雰囲気だったから入るに入れなくて……」

めずらしく身体を小さくして弱気な日向に、二階堂は苦笑いを浮かべる。

「今の話を聞かれてしまったとは、僕も迂闊《うかつ》だった。弁護士として反省しなければいけない。今度は外に聞こえないように話さなければ。そうだ、古くなっているし、いっそこの機会に、厚めの新しいドアに変えるか」

「そういう問題じゃないような……そんなことより先生、日向さんの言うように、殿村の過去を世間にバラしてやりましょう！　そんな卑劣な人があんな風に芸能界でのさばってるなんて許せない」

「いや、弁護士には守秘義務があるから無理だ。それに、嫌がらせの相手が殿村である可能性が出てきた以上、もう、なにもしない方がいい」

毎度のごとくヒートアップする瑞穂を、二階堂は冷静にたしなめる。

「えっ、どうしてですか？」

「とにかく、もう二丁目調査も終わりだ。日向さんも手を引いてください」

二階堂は厳しい表情を浮かべたまま、黙り込んでしまった。


「ミズポンはどう思う？　私は納得いかないんだけど」

その夜、日向から不満そうな声で電話が掛かってきた。

「わたしもそうですけど、先生が……」

「ミズポンは先生のことが心配じゃないの？　このままなにもしなければ殿村の思うつぼじゃない」

たしかにそうだ。二階堂はなにも悪いことをしていないのに、殿村は身勝手な恨みで、過去の復讐をしようとしている。

「でも、なにをすればいいのか……」

「まずは殿村の魂胆《こんたん》を突き止めるのよ」

「魂胆って、殿村は先生の評判を落としたいだけじゃないんですか？」

「ミズポン、ずいぶんお気楽ねえ」

「え……」

「あれだけ悪事をはたらいている殿村が、そんなことだけで満足するわけないじゃない。たぶん、まだ本当の復讐は果たせてないはずよ」

「ホントの復讐……まさか殺されたりはしないですよね」

「甘いわよ。この業界、二億円以上の価値が絡むと人が消える世界って言われているわ。殿村の魂胆がわからないからなんとも言えないけれど、あいつは先生を相当恨んでいるはずよ」

「日向さんやわたしが狙われることもありえるんでしょうか？　さすがに日向さんがいなくなったら、大事《おおごと》になるだろうし」

「誰であれ、自殺や交通事故に見せかけて殺すことなんて簡単にできる業界よ。あの殿村だもの。なにをするかわからないわ」

「そんな……」

「とにもかくにも、マルちゃんから聞き出すのよ。あの様子だと、殿村と先生とのことをなにか知っていると思うわ」

　たしかになんでも知っていそうに見えたが、この前はうまくかわされたし、聞いたところで答えてくれるとも思えなかった。

「ミズポン、少し時間をちょうだい。店では話せないと思うから、私、どこか外で会えるように交渉してみる」

日向は鼻息荒くそう言うと、最後に「先生には内緒よ」と念を押すように付け加えた。

上司である二階堂の言いつけを無視するのは気が引けたが、日向の言うように殿村がまだなにかしようとしているなら、このまま黙っているわけにはいかない。

それから数日間、仕事の間も日向からの連絡を待っていたが、音沙汰はない。なにかしなければという気持ちが膨らむばかりで、なにもできない自分の無力さに、ため息をつくことしかできなかった。


「ずいぶん汚い所だね」

下を向いて書類を片付けていた瑞穂の後ろから突然声がした。不意をつかれて、首だけ後ろを振り返ると、見覚えのある男が立っている。

「ノックくらいして入ってきたらどうだ、隼人」

二階堂の声で、二階堂の弟、隼人だと思い出す。会うのは初めてだが、間近で見ると本当によく似ている。

ホームレスの殺人未遂事件で被疑者となっていたときにテレビなどで見かけた写真とはまた外見がずいぶん変わっている。あのときと同じように髪はパンク風に逆立てているが、ビジュアル系バンド風の格好ではなく、しっかりしたスーツを着ていた。

「どういう風の吹き回しだ。お前が訪ねてくるなんて」

二階堂は隼人の変化にはまったく触れず、冷めた口調で訊く。

「最近、ずいぶん世間を賑わせてるじゃない。どんな様子かなと思ってさ」

からかうように言う隼人を二階堂は鼻で笑う。

「殿村に様子を見てこいとでも頼まれたのか」

隼人の顔に動揺が走り、急に目つきが変わる。

「さすが兄貴だね。もう知ってるんだ」

瑞穂にはまったく話が見えない。

「ウィンプロではどんな仕事をしてるんだ」

えっ、ウィンプロで仕事？

「そんなこと兄貴に説明してもわからないでしょ。って、俺もあんまりわかってないけどさ。ははっ」

「タレントになりたいのか」

「タレントねえ……。今なら、イケメン弁護士の弟ってことでなれるかな？　なれって言うならなってもいいけど？　あはは」

二階堂の質問をはぐらかしながら、隼人が近づいてきた。明らかに二階堂を挑発している。

「俺、社長とか殿村さんに結構、可愛がられてるんだよ。写真集出してみないか、なんて言われちゃったりしてさ」

「殿村に関わるのはやめた方がいい。あいつはお前が思っているような男じゃない」

「殿村さんがどういう人かは知ってるよ。ある意味、俺の方が近くにいる分、兄貴より知ってるかも」

その含みのある言い方を、二階堂は聞き逃さなかった。

「なにを知ってるんだ？」

「気になる？　まさかタダで聞こうっていうんじゃないよね〜」

隼人は得意げな顔になる。

「っていうか、さっきから聞こうと思ってたんだけど、その可愛い人、誰？　兄貴の彼女？」

「ただの事務員だ」

ふたりのやり取りに呆気にとられている瑞穂を指差す隼人に、二階堂は即答する。ただの事務員というのは事実だが、こんなに即座に否定されると悲しくなる。

「じゃあ、問題ないね。その人と一回デートさせてよ。そしたら教えてあげる」

「ふざけるな！」

二階堂が急に声を荒らげた。

「おお、怖っ」

隼人が肩をすくめる。

「お前はあいつを甘く見ている。お前は僕の弟だから単に利用されてるだけだ」

隼人は意味がわからないというように両腕を広げて笑う。

「あのさ、言っとくけど、俺は利用されてるんじゃないから。俺の方が殿村を利用してるの」

隼人がドスのきいた声で答える。口元からはすっかり笑みが消えていた。

「あんたたち親子をぶっつぶすためにね。まあ楽しみにしててよ」

二階堂が無言で隼人を睨み返す。

すると、隼人は急に瑞穂の方に向き直り、「お邪魔しました。兄貴をよろしくね」と、ぐっと近づいたかと思うと瑞穂のジャケットのポケットになにかを滑り込ませる。一瞬の出来事だった。

「今度デートしよう」

小声でそう囁いて、事務所を出ていく。

「先生……」

「気にするな。早く仕事を片付けよう」

まるでなにもなかったかのように、また書類を見つめる二階堂の横で、瑞穂はなんとも言えない胸騒ぎを感じていた。

×　×　×

翌日、その予感は的中した。突然、隼人がテレビに登場したのだ。

「僕たち兄弟は父親がちがうんです。ええ、母親はどちらとも結婚はしてないですね。二階堂城一郎さんから僕の分の養育費はもらってなかったんです。生活は苦しかったですよ。母が女手ひとつで育ててくれて……。だから、兄が城一郎さんの元で暮らすと言い出したときは驚きました。ええ、大学受験のときです。地元の大学に奨学金制度を使って行くと言ってたのに、母にも内緒で東京の大学を受験してたんです。母に苦労しかかけなかった城一郎さんと、いつの間にか連絡を取り合っていて。

もちろん、お金のためでしょうね。向こうも成績が優秀なのを知って受け入れたんじゃないですか。

兄は昔から自分さえよければいい人でした。母のことも僕のこともどうでもよかったんです。その証拠に、弁護士でありながら僕が冤罪《えんざい》で苦しんでいるときも助けようともしなかった。お金にならないからじゃないですか。

……オカマ？　さあ、ソッチの趣味があったかは知りませんが」

×　　×　　×

隼人が出演したのは全国ネットのお昼のワイドショーで独占インタビューというスクープ扱いでの生放送だった。

その日から隼人は連日テレビに出演し、二階堂と自分の生い立ちを語りだした。事務所に現れたときとはまったくちがう風貌で、逆立てた髪をおろして好青年を装っている。

「あ〜！　先生の方が断然かっこいいのに、なんで弟ばかりフィーチャーされるのかしら。ちゃんと先生にも取材しなさいよ！　これじゃあ不公平よね。そう思わない、ミズポン」

久しぶりにスタジオで会った日向が、鼻息荒く瑞穂に言ってきた。

たしかに、今や視聴者の人気はすっかり二階堂から隼人に移ってしまった。時折涙ぐむ表情など、女性の母性本能をくすぐるつぼをしっかり押さえている。

隼人のおかげで二階堂は『二丁目弁護士』に加えて、自分の利益しか考えない『冷血人間』というレッテルまで貼られてしまった。

「たしかに取材はしてほしいですよね。あまりに一方的すぎます」

隼人はウィンプロで働いていると言っていたが、これも殿村の差し金なのだろうか。言われっぱなしの二階堂はクライアントから「大丈夫か？」と心配される始末だ。

「なんとかしなくちゃと思うんだけど、マルちゃんがなかなかうんって言わなくて」

日向が急に小声になる。事務所で会った日から、日向は何度かマルちゃんと接触しているようだが、難航しているようだ。

「殿村のことを恐れてるんでしょうか」

「おそらくそうね。余計なことを言って面倒なことに巻き込まれたくないのよ」

マルちゃんがダメなら、どうしたらいいのだろう……。瑞穂は真剣に考えはじめた。

二階堂のイメージダウンも大きかったが、さらにイメージが悪くなったのは、父親、城一郎だった。これまでクリーンでソフトなイメージで売ってきたが、結婚していない女性に子どもを産ませた上に養育費も少額しか払っていなかったことが公になり、女性から凄まじいバッシングを受けたのだ。

いくら隼人が城一郎の子どもではなかったとはいえ、二階堂の母親と隼人のことを思えば、瑞穂も城一郎に同情することはなかなかできない。

そんな中、二階堂の留守中に城一郎から事務所に電話が掛かってきた。

「あいつは元気にやっているのか。携帯に掛けても、いつも留守電なんでね」

「先生はただいま外出中です。ご伝言があればお伝えしますが」

城一郎の声は覇気がなく、いつか事務所に来たときのような迫力は微塵も感じられない。

「あいつに伝えてくれないか。話したいことがあるから私の事務所に来てくれと」

「はい、お伝えします」

行くだろうかと思いながらも事務的にそう答え、電話を切った。やがて戻ってきた二階堂にその話を伝えると、少し間を開けて返事があった。

「わかった。あとで電話しておく」

「……先生、行くんですか？」

「ああ」

「どうしてですか？　部外者のわたしがこんなことを言うのもどうかと思いますけど……

そもそもの元凶は城一郎さんじゃないですか。城一郎さんが先生のお母さんを助けてくれていたら、隼人さんだって、先生だって……」

二階堂は黙ったまま、なにも答えない。

「今さら自分が困っているからって、先生に泣きつくなんて」

「いや、そうじゃないだろう。あの人はプライドの高い人だ。たしかに今は大変な状況かも知れないが、他人にすがるような人じゃない」

「じゃあ、なぜ……？」

「それを確かめにいく。確認したいこともあるからな」

「確認？」

「ああ。仕事のことだ。君も一緒に来てくれ」

「……はい」

仕事と言われてしまったら二階堂についていくしかない。でも、あまり気は進まなかった。

丸の内にある城一郎の事務所は、二階堂法律事務所とはくらべものにならないくらい立派なビルの最上階にあった。

二階堂も昔はここで働いていたのだろうが、あまり想像がつかない。

代表弁護士である城一郎の部屋は、窓から皇居や霞が関の官庁街などが一望できる広い一室だった。あまりに素晴らしい眺めに瑞穂は気後れしてしまう。

キャメル色の革張りの回転椅子に深く腰掛けた城一郎は瑞穂に軽く微笑むと、二階堂には「来たか」とだけ言って出迎えた。

「手短に済ませたいので、まず質問させてください」

二階堂は挨拶もせずに立ったまま、単刀直入に言葉を投げる。

「なんだ」

「吉田宗行を覚えていますか」

「ああ。お前のクライアントだった……」

「そうです」

「覚えている。アレはどうしようもないワルだった」

「女性を食いものにして生きている最低な男でした」

二階堂が心底不快そうに、吐き捨てた。

「あの裁判は、執行猶予がついたと記憶しているが。お前がわざと負けたせいでな」

「そんなことはしていません」

二階堂の言葉に力が入る。瑞穂はいきなりの険悪な雰囲気になす術《すべ》もなくその場で立ち尽くす。

「嘘をつくな。お前がうちを辞めたのは、あの一件が原因だったんだろう。事件の方針とのちがいから、うちの弁護士たちとずいぶんやり合ったと聞いている」

「そうですね。あのとき、先輩たちから『お前はアソシエイト……下っ端なんだから、なにも考えずに黙って事務所に従っていればいい』と言われたことはたしかです。でも、僕は自分の身勝手な思いで、裁判を放棄するような弁護をしたことは、ただの一度もありません」

「じゃあ、なぜ辞めたんだ。あの事件でお前は手を抜いたから、その罪悪感から退職したんじゃないのか。お前の実力があれば、被害者の女性との示談を成功させることができたはずだ」

「いえ、あれはむしろ及第点だったと思っています。あんな不利な状況で、執行猶予を取りつけることができたんですから」

「そんなのは甘えだ。後からなんとでも言える。お前の心に弱さがあったから負けたんだ。その証拠に、お前は事務所を辞めた」

　呆れ返ったような城一郎に、二階堂がいつもよりも何倍も低い声で言葉を返す。

「それはちがう。たしかにあの事件が辞めるきっかけにはなりました。でも、それは負けたことが理由じゃない。自分の信念に反する事件はもう二度と受けない、そう決めたからです。こういう大きな事務所にいれば、金儲けのために汚い仕事も受けなければならない。僕はそんなことをするために、弁護士になったわけではない」

「ずいぶん、でかい口を叩くじゃないか。お前の大学進学を援助したのは、私の事務所に入ることが条件だったことを忘れたのか」

「学費を出していただいたことだけは感謝しています。それがなければ、弁護士にはなれませんでしたから」

「お前は約束を破った。契約違反を犯したんだ」

「破ってはいません。ちゃんと事務所には入りました」

「屁理屈を言うな！　契約違反をしてまで事務所を辞めた、そのたいそうな信念とやらはなんだ？」

「さあ……困っている人を助けたいという正義感じゃないでしょうか」

「真面目に答えろ」

城一郎が険しい表情になると、二階堂がふっと笑う。それは皮肉めいた笑みだった。

「あなたみたいな人間から、弱い人を守るためですよ」

城一郎が眉を寄せる。

「法律は人間が作ったルールです。そして、そのルールによって得をしたり損をしたりする人間が出てくる。それは取りも直さず、ルールを知らない無知な人間はとことん損をする仕組みになっているということです」

「それがどうした。知らなければ知ればいい、ただそれだけの話だ」

話にならないというように城一郎は回転椅子を回し、窓の外を向いた。

「あなたは、ルールを知らずに損をする人間のことを考えたことがありますか？」

城一郎は、外を見たまま答えない。

「母は、ルールを知らなかったから、あんなに苦しんだんです」

二階堂は静かな声に怒りを込める。瑞穂には二階堂の感情の昂りがよくわかった。

「母は法律に無知だったせいで、いろいろな男に騙された。僕たちを生み、ひとりで育ててくれましたが、もし母が法律を少しでも知っていれば、あなたに対して養育費の増額を交渉したり、隼人の父親に認知を要求することだってできたはずです。……女手ひとつで、ふたりの子どもの面倒をみる大変さがあなたにはわかりますか。あなたがこの東京で派手な暮らしをしている間、母は僕たちを育てるために、朝昼晩と働き通しだったんですよ」

二階堂は今まで瑞穂が見てきたどんな表情よりも感情を剝き出しにしていた。弁護士になったのには、そんな理由があったのだ。普段は飄々《ひょうひょう》と構えている二階堂の本心を垣間見た気がした。

「……人を救うためには想いだけではどうにもならないと僕は悟りました。力なき想いは無力なんだと。だから僕は、そういう無知な人間を食いものにするような人と戦うために弁護士になったんです。法律は、さまざまな人間の思いと、多くの犠牲の上に生まれます。だからこそ、法律は弱者のためのものでなければならないし、弱者を守るために使われるべきだ。そういう背景に思いを馳せることもせずに、法律を悪用するようなことは絶対に許さない」

城一郎は微動だにせず、外を向いたままだ。二階堂はそのまま瑞穂がいるのも忘れたように続ける。

「……あのときの吉田がウィンプロダクションの殿村です。おそらく殿村は僕を恨んでいて、スキャンダルや、隼人を使ってあなたのことを明るみに出してきている。でも、心配いりません。自分で解決しますから」

二階堂は最後にそれだけを言うと、驚いている城一郎を残し、上着を整え、瑞穂に行くぞと目を遣り部屋を出ていく。あわてて瑞穂も背中を追った。


城一郎の事務所を出てから二階堂はずっと無言だった。地下鉄に乗ることもなく、ふたりは黙々と銀座へ向かって歩く。

「先生……法律って冷たくないんですね」

沈黙に耐えられず思い切って口にすると、二階堂が瑞穂を見た。

「沙織のことがあったとき、わたし、ひどいことを先生に言ったと思うんですけど、最近はちがうってわかったんです。あのときは難しいことばかり言われるのに腹が立って……。でも、沙織を助けてくれたのも、桜良と夏帆ちゃんを助けてくれたのも法律だった。というか、法律をちゃんと知ってる先生がいたから、結局は皆が助かった」

「……励まそうとしてるのか？」

「いえ、そういうつもりじゃ」

本当にそんなつもりはなかった。ただ、黙っている二階堂の背中がつらそうで、なにか言いたかったのだ。そのとき、瑞穂のバッグの中で携帯が震えだす。

「あ、すみません」

取り出してディスプレイを見ると日向からだった。まずい、今は二階堂がいる。

「あ、妹が……」

「僕は先に行っている」

二階堂はそう言うと、瑞穂を置いて歩きだした。ある程度距離が離れたところで折り返す。

「ああ、ミズポン？　やっぱりマルちゃんは無理ね。他を当たるしかないわ」

日向の落胆した声が聞こえてきた。

「あの……実はわたしも話を聞けそうな人がいるんです。まずは会ってくるので、なにかわかったら連絡します」

瑞穂はある決意をして電話を切った。そして、直線上に見える二階堂を走って追いかける。

「すみません。夕飯の買い物をするお金がないようで」

追いついたところで、咄嗟に考えた嘘をつく。

「それは大変だ。今日はこのまま帰りなさい」

「ありがとうございます」

二階堂と別れると、瑞穂はすぐに電話を掛ける。そして今来た道を戻って地下鉄の駅へと急いだ。

待ち合わせに指定されたのは、女子受けしそうな可愛いカフェだった。青山通りから奥まった所にあるその店の前に立つと、ガラス越しに相手の姿が見える。

今日はニット帽を被りダボッとしたセーターを着ている。会う度にイメージがちがうことに戸惑うが、甘い物好きなところは兄と似ているようで、生クリームとフルーツがたっぷりのったパフェを食べている。

「遅くなってすみません」

席につきながら謝ると、隼人がニッコリ笑った。

「全然待ってないよ」

先日、隼人が事務所に来たとき、去り際に瑞穂のポケットに入れられた紙には携帯番号が書かれていたのだ。

「で、なーに？　話って」

パフェにのっているサクランボを幸せそうな顔で口に入れながら訊いてくる。

「あの……隼人さんは殿村が裏でなにをしているのか知ってるんですよね？」

「なーんだ、兄貴に頼まれたのか」

途端に不機嫌そうな顔になって、テーブルを左手の人差し指でトントンと叩きだす。

「ちがいます。ここに来たことも隼人さんに連絡したことも先生は知りません」

「へーえ、ふたりの秘密ってわけ？　それはなんかいいねー」

機嫌が直ったのか、隼人はニコニコしながらチョコレートアイスを頬張る。

「それで、隼人さんが知ってることって……」

「そういえばさあ」

隼人は唐突に瑞穂の言葉に割り込んだ。

「はい」

「名前、聞いてなかったよね？」

たしかにそうだ、前は顔を合わせただけで自己紹介もしていなかった。

「神谷瑞穂です」

「じゃあ瑞穂ちゃん、兄貴に頼まれてもいないのに、どうしてそんなこと知りたいの？」

テーブル越しに隼人の顔が迫ってくる。

「それは……」

あわてて瑞穂は顔を背けた。二階堂が殿村に狙われていて、助けたいから秘密を教えてほしいなんて言っても、二階堂を嫌っている隼人はなにも教えてくれないだろう。

「あーっ！　もしかして兄貴のことが好きとか？」

となりのカップルが大声に驚いて、こっちを見てくる。

何回も首を振りながら「ちがいます！」と言うと、ちょうど店員が注文を訊きにきた。

コーヒーを頼もうとして、隼人に遮られる。

「瑞穂ちゃんも同じのにしなよ。これ、俺のオススメ。本日のスペシャルパフェ」

甘い物を食べる気分ではなかったが、隼人を怒らせたくなかったので勧められたとおりにする。

「じゃあ、それをお願いします」

店員が去ってから、もう一度質問した。

「隼人さん、教えてください。殿村がなにをしようとしてるのか」

隼人が今度はイチゴを口に放り込んで、やれやれといった様子で答えた。

「あのさ、いくら瑞穂ちゃんでもそう簡単には教えられないの。これは俺の稼ぎに関わることでもあるからさ」

稼ぎ？　意味がよくわからないが、どちらにせよ教えてくれる気はないようだ。

「あのさ、瑞穂ちゃんもこの前一緒にいたからわかるでしょ。俺たち、あんまり仲がよくないんだよね」

それは十分わかっているが、諦めるわけにはいかないのだ。

「……隼人さんが先生を許せないのは、勝手に家を出て城一郎さんの養子になったからですか」

隼人は口の周りについたアイスクリームを舐めながら、面倒くさそうに言葉を返す。

「俺さ、見かけはこんなだけど、ああいう自分さえよけりゃいいって奴が一番許せないんだよね。瑞穂ちゃんだって一緒にいればわかるでしょ。兄貴が自己チューだって」

「たしかにマイペースなところはありますけど……」

「それ、言い方をよくしただけで同じことだから」

「でも、先生が家を出て弁護士になったのは……お母さんと隼人さんを想ってのことだったんです」

「はあ？」

隼人がコーヒーカップを取ろうとした手を止め、瑞穂の顔を見た。

「先生、言ってました。お母さんが法律をもっと知っていれば、慰謝料の増額や、隼人さんのお父さんに認知を要求することもできたんじゃないかって」

「……俺は認知なんて望んでないけど」

テーブルの上のパフェに視線を落とし、隼人はぼそっと呟いた。

「おふくろだってそんなこと望んでなかったから俺たちをひとりで育てたんだろ。……っていうか、部外者の瑞穂ちゃんにいろいろ言われる筋合いはないと思うけど」

冷たい視線を向けられ怯みそうになるが、ここで負けたくはなかった。

「部外者が立ち入ったことを言ってすみません。でも、これだけは言わせてください。先生はひとりで苦労し続けたお母さんを見て、なにか自分にできることはないかって思ったんじゃないでしょうか。大人になった自分が今度は家族を守るんだって、そう思ったんだと思います。その想いがあったから、城一郎さんのもとへわざわざ出向いて、法律を勉強しようとした……」

顔を紅潮させ、涙ぐみながら話す瑞穂の前で、隼人はしばらく黙ったままだった。が、やがて瑞穂の目をまっすぐに見て、口を開いた。

カフェを出て隼人と別れた後、日向に電話を入れ、事情を話す。

「六本木の『ディジョン』っていうレストランです。わたしもすぐに向かいます」

日向の「ミズポン、でかしたわよ！」という興奮した声が携帯から聞こえてきた。近くのテレビ局にいるから自分の方が早く着きそうだという。

先ほど隼人は意を決したように、「絶対に内緒だよ」と前置きして話してくれたのだ。

「殿村がなにをしているかは俺にもまだわからない。というか、確証がまだないから言えないけど……ヤバイことをしてるのはまちがいない。めちゃくちゃ金回りもいいし、ヤクザっぽい人との付き合いもある」と。

どうやら隼人は殿村の付き人のようなことをしているらしい。接待に付き合わされることも多々あるが、その中である店だけ行く頻度が高いという。しかも、そのレストランに行ったときだけは隼人のみタクシーでそのまま帰されるらしい。

「他は荷物を持てとか接待しろとか理由をつけてはいつも帰してくれないのに。だから俺的には、絶対なんかあると思ってるんだよねー」

そう隼人はニヤリとしながら言ったのだ。

店はわかりづらい場所にあり、スマホで店の場所を検索してなんとかたどり着く。が、ドアには『CLOSE』という札が掛かっていた。店内を見たかった瑞穂は肩を落とす。

そういえば、日向はもう着いているのだろうか。中で待っていると言っていたのだが……。

と、向こうから人が歩いてくるのが見えた。長身で細身の女性で、ミニスカートから覗く脚はすらりと長く、モデルのようだった。

「あ！」

顔が見える距離まで来て驚いた。日向と前に行った二丁目のマルちゃんがいた店で、〝ラブちゃん〟と呼ばれていた美しいオカマだったのだ。

が、向こうは瑞穂に気づく様子はない。どうしてこんな所にいるのだろうと思っていたら突然、狭い路地を曲がった。

瑞穂もそっと追いかけると、ラブちゃんの姿は忽然《こつぜん》と消えていた。というより、そこに道はなく、おそらくレストランの裏口と思われる黒いドアがある。

ここに入っていったのだろうか。不思議に思いながらドアにある小窓を覗くと厨房のようで、壁に掛かった鍋や大きな冷蔵庫などが見えた。

だが、窓から見えるのはそれだけで、奥の様子はわからない。すでに日も暮れ、照明が点いていないとまったく状況は把握できなかった。

とりあえず日向もいないようだし、いったん戻ろう。そう思い、振り向いた瑞穂は固まった。目の前に、妖艶な笑みを浮かべたラブちゃんが立っていたからだ。

「あ……」

次の瞬間、腹部に強い衝撃を感じた。鳩尾《みぞおち》に拳が入ったことまではわかったが、急速に意識が遠のいていった。

目を開けると、高い天井にガラスの粒が吊るされたシャンデリアが見えた。灯りはなく、薄暗い。

ここはどこだろう。辺りを見回すと、うっすらと視界に飛び込んできたのは、規則的に並べられた複数の木のテーブルだった。椅子も部屋の隅に並んでいる。奥には窓もあったが、厚いカーテンが掛かっていて外は見えなかった。

起き上がろうとしたが、手足が動かない。見ると、足首にロープのようなものが巻かれている。手は後ろに回されていてよくわからないが、おそらく同じように縛られているようだ。

なにが起こっているのかわからず、パニックに陥りそうになりながら必死に記憶をたどる。そうだ、隼人に殿村が通っているという怪しいレストランを教えてもらって……そこで、ラブちゃんを見かけた。

「ミズポン？」

聞き覚えのあるハスキーボイスが響いた。声のする方を見ると、床の上に瑞穂と同じく手足を縛られた人が倒れている。暗くてよく見えないが、声と体型でわかる。日向だ。

「日向さん、顔……！」

目を凝らしてようやく顔が見えたところで息を呑んだ。日向の顔面は試合後のボクサーのように腫れ上がっていた。

「そんなにひどいことになってる？　顔は乙女の命なのに」

瑞穂の表情を読み取ったのだろう、日向が弱々しく言う。

「誰にやられたんですか？」

「大きな外人よ。レストランの前に着いたところで外車が停まって、客らしき男が裏口に入っていくのが見えたの。表の店のドアにはクローズの札が掛かってたでしょう。だから、なんで裏口から？って思って、後をつけたのよ。そしたら外人が出てきて、いきなりぼこぼこよ」

「そうだったんですか……じゃ、ここはレストランの中？」

「おそらくそうよ」

「あ、わたし、さっきラブちゃんに会ったんです」

日向が、わけがわからないというように「なんで？　ラブちゃん？」と繰り返す。

「わたしもよくわからなくて。でもたぶん、わたし、ラブちゃんに気絶させられて……」

「なんでよ!?　どうしてラブちゃんがミズポンにそんなことしなくちゃいけないのよ」

暗がりによく響く声で、日向が叫ぶ。

「わかりません……でも、見まちがいじゃないと思います。あんなにきれいな人、まちがえようがないし」

「仮に、それがラブちゃんだったとしても、どういうこと？　だって、ここは殿村が使ってるレストランなんでしょ？」

「はい。隼人さんが言うには、ここになにか秘密があるって。社長さんとか会社の偉い人たちが出入りしてるらしくて」

「そこまで知ってるんじゃ、仕方ないわね」

突然、野太い男の声が響いた。

厨房からタバコをふかしながら歩いてきたのは、ラブちゃんだ。ただ、さっきまでの妖しげでセクシーな様相はまるでない。いや、服装などはさっきと変わっていないのだが、漂わせる雰囲気がまったくちがう。感情のない、無機質で残忍な空気を纏《まと》っている。

「ラブちゃん……どうしてこんな所に……」

日向も瑞穂もなにが起こっているのかわからない。と、日向が「あっ」と目を見開き、口走った。

「もしかして、あんた殿村の……」

「不細工なオカマは黙ってな」

ラブちゃんがドスの訊いた声でぴしゃりと言う。日向はすぐさま口をつぐんだ。

「わたしたちをどうするつもり？」

怯まない瑞穂に、ラブちゃんはタバコの煙を吐きながら、ふんっと笑った。

「これから確認を取るわ。たぶん、冷たい所に沈んでもらうことになるんじゃないかしら」

冷たい所？

「だ、誰に連絡を取るのよ？　本当に殿村の……」

そう言いかけた日向の顔面に、ラブちゃんのキックが直撃する。

「ぐふっ」

鈍い音がして、日向が身体を丸める。もしかしたら、鼻の骨が折れたかも知れない。

今のキック……スピード感もフォームも素人ではない。格闘技経験者だ。そう確信したとき、目が合った。

「そういえば、あんたのお父さん、プロレスラーなんだよね」

「どうしてそれを……」

「覚えてないの？　父親直伝とか言って、下手くそな絞め技をみんなに披露してたじゃない」

そういえば……日向と店に行ったとき、「今日は無理そうだから、もう楽しく酔っ払っちゃいましょ！」という日向につられて、そんなことをしたような記憶がある。

「私も絞めてあげようか？　あんたの細い首なんて、ちょっと力入れたら簡単に折れちゃいそうだけど」

そう言って、腕を鳴らして近づいてくる。そのとき、厨房の奥から音楽が鳴った。ラブちゃんは音のする方へ走り、「あ、殿村さん？」と急に高いトーンで話しだした。どうやら携帯の着信音だったようで、日向の読みは正しかったと瑞穂は確信する。

ラブちゃんは甘えた声で話しながら、携帯を手に外に出ていく。殿村とどういう関係なのだろうと考えていると、日向が両手を使ってゆっくりと上体を起こした。

「……日向さん？」

瑞穂は目を瞠る。いつの間にか、手を縛っていたロープが解けている。「しーっ」と唇に人差し指を当てて、足首のロープも解くと、瑞穂に近寄る。

「ふふ。さっきから外そうとがんばってたの。緩んでたところにラブちゃんのキックが来たから、その拍子にうまく解けたみたい」

日向は説明しながら、瑞穂の拘束を解いていく。

「案外、適当な縛り方なのよ。あんた、プロレスできるんでしょ？　ラブちゃんと戦ってよ」

期待してくれるのはうれしいが、そもそも瑞穂が得意とするのは守備に強い合気道だ。しかも相手は女の格好をしているとはいえ男で、見たところ格闘技経験者だ。まともに戦えるとは思えない。

「よし、外れた」

自由になった腕で、急いで足のロープにも手を掛ける。縛られていたせいで痺れていて少しもたついたが、なんとか解けた。

「とりあえず逃げましょう」

急いで立ち上がったとき、幸せそうな顔のままラブちゃんが戻ってきた。こちらに気づいて一気に鬼の形相になる。

「ちょっと！　あんたたち……」

「ミズポン、やっちゃいなさい！」

日向が無責任にも瑞穂をけしかける。ラブちゃんが走ってきたのを横目で捉えると、瑞穂は軽快なフットワークでそれをかわした。

　今はとにかく逃げるのが先決だ。一瞬の隙を突き、ラブちゃんの足元に飛び込んで両脚にタックルする。

「きゃっ」

　意表を突かれたラブちゃんが、後ろにバランスを崩す。近くの椅子を掴もうとして、派手な音を立てながら椅子ごと倒れた。背中を強く打ったのか、うめき声は聞こえるが起き上がる様子はない。

「日向さん、こっちです！」

　店の入口は遠い。瑞穂は咄嗟に今、ラブちゃんが出てきた厨房に裏口があったことを思い出し、奥まで走る。が、思った以上にそこは広い。辺りを見て目に入ったドアに飛びついた。

　開かない。

「ミズポン！　鍵！」

　日向の声でドアノブの近くを見ると、ナンバー式の電子ロックが掛かっている。

「そんな……」

「なんでもいいから押すのよ！　早く」

　思いつく数字を押してみるが開く気配はない。そもそも何桁なのかもわからない。

「ちょっと貸して！」

瑞穂を押しのけて、日向が何度もキーを叩く。

と、背後で気配がしたと思ったら、いきなり両脚をガッと摑まれ、声をあげる間もなく瑞穂は地面に倒された。ラブちゃんが足元からすごい形相で睨んでいる。

咄嗟についた手を捻ってしまったようで、瑞穂が痛みに顔を歪めた隙にラブちゃんは馬乗りになり、瑞穂の首に両腕を巻きつけた。

「ミズポン！」

日向が近くにあったフライパンで「やめなさい！　やめて！」と声を上げながらラブちゃんを叩くが、その手が緩むことはない。

意識が遠のきそうになったところで、ふっと首が楽になった。

「ぐえっ」

野太い声に振り向くと、日向が倒れている。ラブちゃんに頭突きされたようだ。

「日向さん！」

あわててふらふらと立ち上がり、日向に駆け寄るも気絶している。

そのときドアがカチャリと開き、「プロレスごっこは終わりだ」と低い声が聞こえた。

殿村だ。

両脇に屈強な外人を従えてゆっくりと歩いてくる殿村に、ラブちゃんが甘い声で名前を呼び、駆け寄っていく。

「どうやら俺のことをさんざん嗅《か》ぎ回っていたようだな。が、それももうおしまいだ」

殿村はそう言うと、ラブちゃんに「さっきの件はすべてお前に任せる」と意味ありげな笑みを浮かべる。殿村の言葉に目を輝かせたラブちゃんが外人たちになにやら英語で指示しはじめた。

なにを言っているのかわからないが、ただならぬ雰囲気に再び強い恐怖が襲ってくる。

「日向さん！　日向さん！　逃げないと」

恐怖と戦いながらも何度も日向を揺さぶるが反応がない。

「きゃっ！」

そのとき両腕をひねられ、痛みに振り向くと、外人たちがニヤリと笑った。

……終わりだ。

「ちょっと、やめて！　放して」

声を限りに叫ぶが、そのまま引きずられ、抵抗することもできない。

「殿村さん！　……どういうつもりですか？　こんなことしてただで済むと思ってるんですか？　すぐにやめさせてください」

精いっぱい強気に言うが、殿村はさっきからずっと不気味な笑みを浮かべているだけだ。

「今のうちに好きなだけ喋っておきなさい。もうすぐ呼吸もできなくなるから」

ラブちゃんが嘲笑《あざわら》うように言う。

その間に、外人たちに再び手足をきつく縛られ、足で蹴飛ばされて再び床に転がされた。

外そうと試みるが、今度は動かすことさえままならない。縛り方が強いのか、指先の感覚がどんどんなくなっていく。

「車に連れてくわよ。あっちも縛って」

ラブちゃんが顎で指示すると、ひとりの外人が店の入口から外に出ていき、もうひとりは無抵抗の日向を縛りあげる。

さっき、あっちに逃げていれば。瑞穂は唇を噛む。

「日向さん！　起きて！」

その叫びは虚しく響き、日向はぐったりしたままだ。

もうダメだ。このまま殺される……。先生、助けて。

唐突に二階堂の顔が浮かんだ。

続いて、桜良の顔も。自分がいなくなったら桜良はひとりで生きていけるだろうか。

先生……。

もう会えないと思うと、涙が溢れてきた。

――ガチャッ！

大きな音と共にドアが開いて誰かが駆け込んできた。

「大丈夫か!?」

目の前に、二階堂がいた。

「……え？」

「おい、無事か！」

そこには真剣な表情で瑞穂の顔を覗き込む二階堂の顔があった。瑞穂が頷くと、その顔に安堵の色が広がり、手早くナイフでロープを切っていく。

「無事でよかった」

次の瞬間、大きな腕で抱きしめられた。

助けに、きてくれた……。

二階堂は瑞穂をそのまま壁に寄りかからせる。そして唖然として突っ立っている殿村に詰め寄った。

「な、なぜこの場所がわかった」

その顔に今までの余裕はない。二階堂は表情ひとつ変えずに、殿村の質問を無視して言った。

「殿村、いや吉田。復讐したいなら僕だけにしろ。人の夢を喰い物にして、人の心を闇に突き落とすお前のような怪物は、自分だけ堕《お》ちていけ」

二階堂が言うと、殿村がちっと舌打ちをした。

「もう二度と、あんたに弁護を頼むようなことはないから安心しろ。お前の息の根も止めてやる」

殿村はそう言うと、英語で外人になにかを指示し、早足で外に出ていこうとした。

「待って」

ラブちゃんがあわててその後を追う。

その後のことは一瞬だった。

「隼人、今だ！」

二階堂の叫び声が聞こえたかと思うと、入口から制服を着た警官が一気になだれ込んできた。

「奥にもうひとつドアがあります」

瑞穂が呆然としている間にも、二階堂は警官になにか紙を渡し、素早く指示を出す。と、警官たちがさっき瑞穂たちが開けようとしたロックの掛かっていた奥の扉を破った。

「キャーッ！」

複数の叫び声が響く中、暗がりにたくさんの男女がいるのが見えた。

どうやらさっきの扉は出口ではなかったらしい。

中にいた人たちは警官の姿を見てあわてふためいている。

瑞穂の横で警官にロープを解かれて、やっと目を覚ました日向も状況がわからずにポカンとしていた。

「瑞穂ちゃん、危機一髪ってところだったね」

わけがわからずに、口を開けたままの瑞穂の横に隼人がやってきた。

「もしかして……この場所を先生に教えてくれたのって……」

回らない頭をなんとか働かせる。

「ちがうよ。俺は兄貴から頼まれて来ただけ。まあ、この場所が殿村のアジトっぽいっていう情報はさっき教えたけど」

「え？　どうして先生が」

「なんか、ストーカーっぽいことしてたみたいだよ」

隼人はそう言って、いたずらっぽくウインクをした。

瑞穂の体が今さらながら震え出す。

あのとき二階堂が来てくれなければ……。連行されていく殿村たちを見ながらぞっとするのを抑えきれなかった。

エピローグ

翌日、瑞穂と日向、そして隼人は二階堂の立ち会いのもと、警察で事情聴取を受けた。

殿村は、売春防止法違反及び監禁容疑で現行犯逮捕されたそうだ。

あのレストランは裏が会員制の売春クラブになっていて、殿村はその元締めだったのだ。

あのとき瑞穂が見た暗がりにいた男女はまさにそこで事に及んでいたところで、未成年者の売春や、現金を受け渡していたところを現行犯で何人も押さえられ、逮捕されたらしい。

どうやら殿村は単独で売春クラブをつくり、街で芸能界に憧れる女の子をスカウトしては、営業だと称して、売春をさせていたという。

クラブの会員には財界人や大手企業の社長もいた。殿村はこの売春クラブで裏人脈をつくり、担当している所属タレントに仕事が来るようにして、私腹を肥やしていたのだった。


警察署からの帰りは、日向の車で事務所まで送ってもらうことになった。その顔だからと遠慮したのだが、日向はどうせ行きも車で来たんだからと譲らなかったのだ。

まだ相当腫れている日向の顔を、対向車の運転手がすれちがうたびに驚いた顔で見ていく。

「先生が助けにきてくれたときは、まさしく王子様が現れたと思ったわ」

ずっと気絶していたにもかかわらず、さっきからまるで恋する乙女のように日向が目を輝かせて話している。

「……先生、芸能界って怖いですね」

「ああ。昔に比べて芸能界はクリーンになったというイメージはあるが、まだまだ闇は深い」

「桜良のときも今回も、被害者は夢を追いかけている人でした」

「芸能界は夢を叶える場所でありながら、夢を喰われる場所でもある。しっかり自分を持っていないと、いつの間にか闇に飲み込まれてしまう」

瑞穂は二階堂の重々しい口調に深く頷きながら、あることを思い出す。

「……そういえば、先生はどうやってわたしたちの居場所がわかったんですか？」

「簡単だ。君のカバンに入っている」

瑞穂の疑問に、二階堂は表情を変えずに答えた。

「カバン？」

「内ポケットを見てみろ」

言われて少し大きめの内ポケットに手を入れると、見覚えのない黒いペンが入っている。

「……あれ？　これ、万年筆？」

「ただの万年筆じゃない。ＧＰＳが仕込んである。君と日向さんが最近こそこそと怪しい動きをしていたから念のために入れておいた。それが見事に役立った」

「え？　知ってたんですか？」

「当然だ」

二階堂は淡々と答える。

バックミラー越しに瑞穂と日向は思わず目を合わせた。

「っていうか、ＧＰＳって……ストーカーじゃないですか！」

「手を引けと言ったのに、調査を続けた君たちが悪い」

「うっ」

呆れたように言われ、なにも言い返せない。

「要するに、兄貴は瑞穂ちゃんが心配だったってこと」

助手席に座っていた隼人が振り返ってニヤニヤ笑った。

「お前は黙ってろ」

二階堂はすかさず隼人を睨みつける。

「でもさ兄貴、相当焦ってたよね。『瑞穂のいる場所のこと、なんか知ってるか!?』とか電話掛けてきてさ」

……瑞穂？

「余計なことは言わなくていい」

二階堂は頬を赤らめながら、ぷいっと外を向いた。

「ちょっとー！　先生、どういうこと!?」

混乱している瑞穂などそっちのけで、日向が車のハンドルを握ったまま振り向く。

「あ、危ないですから、日向さん前を向いてください」

焦る瑞穂に二階堂は目を合わせようともせず、「言葉のあやだ」と言った。

それから事務所へ着くまで、瑞穂はひと言も話せずに、二階堂と日向のやりとりを聞いていることしかできなかった。日向が瑞穂へ猛烈な焼きもちを焼いていたからだ。

やがて銀座のビルの前に車を停めると、「また、ちゃんと話聞くから！　それまで手を出すんじゃないわよ！」となぜか瑞穂に怒りをぶつけ、日向は帰っていく。

それを見送り、三人は事務所でひと息ついた。

なんだか何日もここに来ていなかったような気がする。そう思いながら、瑞穂は改めて無事に帰ってこられたことに感謝した。

「兄貴、それにしてもなんで建物の図面なんて持ってたの？」

瑞穂が淹れたコーヒーをすすりながら、隼人が不思議そうに訊ねる。

「図面？」

怪訝な顔の瑞穂に、「それを持っていって警察に渡したから売春クラブの場所にすぐ突入できたんだ」と隼人が説明してくれた。

「ああ、あれは場所がわかった時点で、不動産屋のツテを頼って取り寄せたんだ」

「ずいぶん手際がいいねー」

「そういう人脈は日頃から準備している。もしものときのためにな」

「さすが、計算高い人はちがうね」

イヤミっぽく言う隼人に瑞穂はまた険悪なムードになるのではと身構えるが、二階堂はそれに盾つく代わりに、こう言った。

「……お前は〝もっと自分の豊かさに気づくべきだ。もっと己を知ること〟だな」

意味がわからず、瑞穂は疑問符を浮かべるが、隼人はうんざりだという顔で苦笑している。

「出たー！　また、お得意のご高説かよ。兄貴のそれ、たしか哲学者だっけ？　昔の人の言葉を持ち出すから、意味不明なんだよな～」

「哲学者……？」

きょとんとする瑞穂に隼人は同情の目を向ける。

「瑞穂ちゃんもときどき餌食《えじき》になってるんじゃないの」

たしかに思い返すと、たまに二階堂は熱くキザな台詞を吐くときがある。あれは、哲学者の名言だったのだろうか？

「ニーチェをバカにするんじゃない。彼の残した言葉はとても深い。僕は、いつも人生のヒントをもらっている」

本棚の二段目を指差す二階堂の言葉に、瑞穂は今度、そのニーチェの本を読んでみようと思った。

「そうそう、そんな名前だったっけな。……それよりさ、情報料、お金払ってよ」

手を突きだす隼人をいい加減にしろという目で二階堂が睨む。隼人は、「冗談冗談」と言って、ソファから立ち上がった。

「俺、東京離れようと思ってさ」

「帰るのか？　石巻に」

二階堂が驚いたように訊ねた。

「え、先生って、石巻の出身なんですか？」

「ああ、そうだ。言ってなかったか？　高校まで住んでいた」

「わたしも一度、子どもの頃に行ったことがあります。父が巡業で試合をしたので観戦に」

父と母と三人で、打ち上げにクジラ料理を食べた記憶がある。桜良はまだ生まれていなかった。「瑞穂、鯨は栄養たっぷりだぞ」と、皿にこんもりと鯨ベーコンを盛られた懐かしい記憶が蘇ってくる。

「へえ、じゃ、瑞穂ちゃんも遊びにおいでよ。兄貴と一緒にさ」

隼人がまたニヤニヤしながら言うので、顔が熱くなった。

「お前、石巻に行ってどうするんだ」

二階堂は気にも留めない様子で訊ねる。

「とりあえず、おふくろの様子でも見てこようと思って」

隼人の言葉に、二階堂の顔が一瞬曇った。

「おふくろが心配なら、俺が会わせてやるけど？　ひとりじゃ行きにくいんだろ」

二階堂は返事を迷っていたようだが、「そのうち頼む」と小声で言った。

いつの間に、仲直りしたんだろうか。瑞穂は不思議そうにふたりの顔を交互に見る。

「俺らが和解できたのも瑞穂ちゃんのおかげだからな。ちゃんとおふくろにも紹介してあげるよ。兄貴の彼女です〜って」

「だから、ちがいます」

そう言いながら、ちらっと二階堂の方を見るが否定する気配はない。いつもなら即座に否定するのに。

「熱いね〜、おふたりさん！」

隼人が二階堂の腰をつつく。

「なにを言ってるんだ」

二階堂は一瞥《いちべつ》すると、自分のデスクへと戻っていく。

「ちょっと、喧嘩しないでくださいよ」

……でも、否定しなかった。

ふたりをなだめながら、瑞穂は高鳴る胸を抑えきれない。

いつか、直接名前を呼んでくれる日が来るだろうか。じゃれ合うふたりに目を遣りながら、瑞穂は穏やかに微笑んだ。

あとがき

僕にとって初めて原作を手掛けた小説となります。今まで多くの小説を読みましたが、まさか弁護士である自分が原作者となり、執筆等をするとは思ってもみませんでした。なお、二階堂のモデルは僕ではありません。これだけは最初にはっきりと言っておきますね。

僕が初めて読んだ小説は吉本ばなな先生の『TUGUMI《つぐみ》』です。高校時代、授業中にこっそり読み、ドキドキしながらもすごく感動した記憶があります。この作品も、そんな風に誰かの心に触れる小説であれば嬉しいと勝手ながら思っております。

さて、この作品には、さまざまなメッセージを入れております。二階堂は一見、冷たい印象を受けますが、僕は哲学者・ニーチェが大好きなため、ニーチェの言葉を使いながら、深い意味を込めました。また、現在の弁護士業界の現状、相談や依頼を受ける際の弁護士の気持ちなどに加え、法律知識や最近の犯罪等についても盛り込んだため、弁護士を目指す方々にとっても、また今後、弁護士に依頼する可能性がある方々にとっても参考となる知識を得られる内容になっているかと思います。

なによりも僕は、「子どもたちを加害者にも被害者にもさせない」という信念のもとに弁護士活動をしており、そういった想いも伝わる小説であると自負しております。法律を少しでも知るきっかけとなり、読者の方々に、加害者にも被害者にもならないように気を付けようと思っていただけたら、それ以上に嬉しいことはありません。

この小説を作るにあたり多くの方に協力していただきました。素敵なイラストを描いてくださった睦月ムンクさん、また初めての小説で右も左もわからない中、一緒に作り上げてくださった松田知子さん、編集の水野亜里沙さん、田中美智子さんには心から感謝を申し上げます。僕のこだわりが強いがために多くのご迷惑をお掛けしたと思います……。

また、フィクションではありますが、作品内に明らかな法律の誤りがないよう細心の注意を払いました。その際、僕の司法修習時に同じクラスだった現在弁護士である花房裕志先生（はりま中央法律事務所）、松田浩一先生（まくはり法律事務所）、寺岡良祐先生（菜の花法律事務所）、北野栄作先生（月山法律事務所）の各先生に大変貴重なご意見をいただきました。いずれの皆様にも感謝いたします。皆様のご尽力をいただきながらお至らない記述がありましたら申し訳ない限りです。

「変わらない人間はいない」。僕の好きな言葉のひとつです。人は自身の経験や、人との出逢いによって常に変わっていきます。二階堂も瑞穂もお互いに出逢ったこと、そして事件を解決するごとに少しずつ変わっていきました。読者の方々も、この作品を読んでなにか変わったでしょうか。もし次巻があれば……ぜひ登場人物のその後にもご期待ください。

最後になりましたが、本書を読んでくださった皆様に心より感謝いたします。

二〇一六年三月　佐藤大和

この物語はフィクションです。
実在の人物、団体等とは一切関係がありません。
本書は書き下ろしです。

■参考文献
『超訳 ニーチェの言葉』（著者・フリードリヒ・ヴィルヘルム・ニーチェ
翻訳・白取春彦　ディスカヴァー・トゥエンティワン刊）
『超訳　ニーチェの言葉II』（著者・フリードリヒ・ヴィルヘルム・ニーチェ
翻訳・白取春彦　ディスカヴァー・トゥエンティワン刊）

佐藤大和先生へのファンレター宛先

〒101-0003　東京都千代田区一ツ橋2丁目6番3号　一ツ橋ビル2F
マイナビ出版　ファン文庫編集部
「佐藤大和先生」係

ファン文庫

二階堂弁護士は今日も仕事がない

2016年3月20日　初版第1刷発行

原作	佐藤大和
構成	松田知子（株式会社ディプレックス）
監修	レイ法律事務所
発行者	滝口直樹
編集	水野亜里沙　田中美智子（有限会社マイクロフィッシュ）
発行所	株式会社マイナビ出版
	〒101-0003　東京都千代田区一ツ橋2丁目6番3号　一ツ橋ビル2F TEL　0480-38-6872（注文専用ダイヤル） TEL　03-3556-2731（販売部） TEL　03-3556-2733（編集部） URL　http://book.mynavi.jp/

イラスト	睦月ムンク
カバーデザイン	坂野公一＋吉田友美（welle design）
帯デザイン	ベイブリッジ・スタジオ
フォーマット	ベイブリッジ・スタジオ
ＤＴＰ	株式会社エストール
印刷・製本	図書印刷株式会社

●定価はカバーに記載してあります。
●乱丁・落丁についてのお問い合わせは、注文専用ダイヤル（0480-38-6872）、
電子メール（sas@mynavi.jp）までお願いいたします。

Fan
ファン文庫

質屋からすのワケアリ帳簿　上

~大切なもの、引き取ります。~

著者／南潔
イラスト／冬臣

持ち込まれる物はいわく付き？
物に宿った記憶を探る――

「質屋からす」に持ち込まれる物はいわく付き？
金目の物より客の大切なものが欲しいという妖しい店主・烏島の秘密とは…？　ダーク系ミステリー。